Contemporánea

Ernest Hemingway, nacido en 1899 en Oak Park, Illinois, forma parte ya de la mitología de este siglo, no solo gracias a su obra literaria, sino también a la leyenda que se formó en torno a su azarosa vida y a su trágica muerte. Hombre aventurero y amante del riesgo, a los diecinueve años, durante la Primera Guerra Mundial, se enroló en la Cruz Roja. Participó también en la guerra civil española y en otros conflictos bélicos en calidad de corresponsal. Estas experiencias, así como sus viajes por África, se reflejan en varias de sus obras. En la década de los años veinte se instaló en París, donde conoció los ambientes literarios de vanguardia. Más tarde vivió también en lugares retirados de Cuba o Estados Unidos, donde pudo no solo escribir, sino también dedicarse a una de sus grandes aficiones: la pesca, un tema recurrente en su producción literaria. En 1954 obtuvo el Premio Nobel. Siete años más tarde, sumido en una profunda depresión, se quitó la vida. Entre sus novelas destacan *Adiós a las armas*, *Por quién doblan las campanas* o *Fiesta*. A raíz de un encargo de la revista *Life* escribió *El viejo y el mar*, por la que recibió el Premio Pulitzer en 1953.

PREMIO NOBEL DE LITERATURA

Ernest Hemingway

El viejo y el mar

Traducción de
Miguel Temprano García

Prólogo de
Juan Villoro

DEBOLS!LLO

Título original: *The Old Man and the Sea*

Primera edición: julio de 2019

© 1952, Hemingway Foreign Rights Trust
© 2012, 2018, de la presente edición en castellano para todo el mundo:
Penguin Random House Grupo Editorial, S. A. U.
Travessera de Gràcia, 47-49. 08021 Barcelona
© 2023, de la presente edición en castellano:
Penguin Random House Grupo Editorial USA, LLC.
8950 SW 74th Court, Suite 2010
Miami, FL 33156
© 2010, Miguel Temprano García, por la traducción
© 2003, Juan Villoro, por el prólogo

www.megustaleerenespanol.com

ISBN: 978-1-644730-54-6

Impreso en Colombia – *Printed in Colombia*

23 24 25 26 27   10 9 8 7 6 5

Prólogo

Una escena emblemática y fundacional de la narrativa norteamericana: el capitán Ahab enfrenta a Moby Dick, la bestia blanca que le había devorado una pierna. La espumosa saga de Herman Melville es un momento superior de una literatura cautivada por la insensata lucha contra los elementos, donde la tormenta aplasta al indigno y bautiza al sobreviviente para permitirle contar la historia.

Durante muchos años Ernest Hemingway buscó una variante a la lucha de Ahab con la ballena. La pesca fue su más sostenida pasión (sería ligero hablar de «pasatiempo»; el autor de *Fiesta* practicaba actividades en las que se consideraba experto: sólo en literatura pretendía ser un *ama-*

teur). Hemingway repudiaba la figura del erudito y esquivó toda discusión intelectual; sin embargo, se volvía puntilloso ante un texto que tratara de pesca (Fitzgerald no pudo librarse de sus críticas cuando se refirió en un cuento a salmones en un lago de Illinois donde no los había).

Resulta significativo que en 1921, en su primer reportaje como corresponsal en Europa del *Toronto Star*, Hemingway se ocupara de la pesca de atún en Vigo: «Cuando atrapas un atún después de una pelea de seis horas, cuando luchas hombre contra pez hasta que tus músculos sienten náusea por el terrible estiramiento, cuando por fin lo subes a bordo, azul verde y plateado en el perezoso océano, entonces puedes sentirte purificado y comparecer sin rubor ante los dioses antiguos». Treinta años después, el mismo impulso épico lo llevaría a escribir *El viejo y el mar*. Ésta fue la última escala de una larga travesía en pos de peces.

Ya consagrado, Hemingway escribió artículos sobre los trabajos del mar con la tronante certeza de un Zeus en funciones. Sus personajes literarios fueron más sabios y estuvieron más atribulados.

En 1924, a los veinticinco años, Hemingway concibió un cuento impecable, «El río del corazón doble», donde todo depende de la pesca; en esa trama, la sola enumeración de los enseres que se usarán en la orilla conforma una íntima visión del mundo.

Cuando vivía en París en los años veinte, Hemingway asistió a las tertulias de Gertrude Stein como a un seminario sobre los matices del lenguaje. Sin embargo, si su tutora escribió «una rosa es una rosa es una rosa», él procuró que un anzuelo nunca fuera sólo un anzuelo. Y no es que buscara transformar las cosas simples en símbolos; su operación fue más sutil: los pescadores de Hemingway requieren de instrumentos que deben funcionar como tales, y al hacerlo, construyen un lenguaje propio, de sorpresivas conjugaciones, los muchos modos de un anzuelo.

En el ensayo «Hemingway y nosotros», Italo Calvino se refiere a la destreza práctica que apuntala las narraciones del autor: «El héroe de Hemingway quiere identificarse con las acciones que realiza, estar él mismo en la suma de sus gestos, en la adhesión a una técnica manual o de algún modo práctica, trata de no tener otro problema, otro compromiso que el de saber hacer algo bien». Entendemos un destino a través de un oficio desarrollado hasta sus últimas consecuencias. En «El río del corazón doble», como en *El viejo y el mar*, la zona de dominio es la pesca; la gramática del mundo se resume en esos gestos, fuera de ellos no hay nada.

En 1951 Hemingway vivía en la Finca Vigía que rentaba en Cuba desde 1939. Aunque la pesca era buena y la vida agradable, su carrera pasaba por un momento tenso; sus días más prolíficos habían quedado atrás y el desgaste físico empezaba a hacerle mella. Su cuota de guerras, accidentes, matrimonios, borracheras, intensas amistades breves, pistas de esquí, gimnasios de boxeo y cacerías parecía haberse agotado.

El mar Caribe representaba para él un santuario protector, pero lo recorría con los ojos entrecerrados de quien busca algo distinto. Como Santiago, protagonista de *El viejo y el mar*, deseaba capturar una última gran presa. Toda su vida estuvo determinada por un sentido, a veces épico, a veces trágico, a veces infantil, de la contienda. Hemingway compitió contra todos pero sobre todo contra sí mismo. Su pasión por los deportes deriva, en buena medida, de su tendencia a medir la intensidad de la vida en un reto verificable. Esa novela de madurez, largamente pensada y pospuesta, tendría que ver, desde el tema, con la necesidad de romper un récord.

Como Ring Lardner, Hemingway se apropió de numerosos recursos de la crónica deportiva: la narración fáctica de sucesos que determinan un marcador incontrovertible, el lenguaje especializado de quien está «en el secreto del asunto», las posibilidades épicas de un entorno perfectamente común. En *El viejo y el mar*, Santiago se compara con Joe Di Maggio, el gran bateador de los Yankees de Nueva York que por aquel tiempo pasaba por un bache en su carrera. El béisbol («la pelota») es el deporte más popular en Cuba; Santiago sigue los resultados de las Grandes Ligas en los periódicos que Manolín, un muchacho que fue su mejor alumno en alta mar, le lleva con un día de retraso. Manolín pesca ahora con su padre, un hombre acomodaticio, que no cree en los métodos artesanales de Santiago y entra al mar como a un almacén en oferta. El joven extraña las arriesgadas jornadas con el viejo pero no se atreve a desobedecer el mandato de su familia. La sección deportiva del periódico se mantiene como el vínculo más estrecho entre ellos; de manera oblicua, hablar de béisbol es hablar de pesca.

Bickford Sylvester, de la Universidad de British Columbia, se ha tomado el trabajo de contrastar los resultados de béisbol de 1950 y 1951 con la trama de la novela. En 1950, luego de una mala temporada, Di Maggio se recuperó contra los Tigres de Detroit y bateó tres *home-runs* para que su equipo ganara su partido 85. Ésta es la noticia que Santiago lee en el periódico y que, de acuerdo con Sylvester, corresponde a un ejemplar del lunes 11 de septiembre de 1950. Santiago lleva 84 expediciones infructuosas en el mar, y por eso le resulta tan importante pescar algo en el día 85. Es su momento Di Maggio. Según la célebre teoría del *iceberg* de Hemingway, un relato sólo muestra una mínima parte de la historia y depende de una sólida realidad que se mantiene oculta. Esto alude a la forma en que se construye una trama y a cómo debe ser leída. Bajo la diáfana superficie de la prosa, hay una intrincada red de correspondencias. En forma congruente, Hemingway se negó a descifrar el soporte oculto de sus relatos y sobrellevó con estoicismo las falsas interpretaciones acerca de sus obras.

En *El viejo y el mar* puso especial cuidado en retratar una pequeña comunidad de pescadores cubanos. Santiago representa una forma arcaica de pescar, donde el valor individual se mide en la resistencia de las presas. Leyes naturales —precisas, inflexibles, que parecen impuestas por el mismo océano— rigen las condiciones de este oficio e integran una sabiduría atávica que la modernidad confunde fácilmente con supersticiones.

Después de 84 días de fracaso Santiago decide transgredir el código que ha respetado su vida entera, y conduce su barca hasta un sitio remoto que garantiza buena pesca pero de donde es muy difícil regresar. El anciano deja atrás el confuso resplandor de los sargazos y se aventura en soledad a las aguas infestadas de tiburones. La desesperación y el orgullo lo impulsan a un lance contra todos los pronósticos.

Santiago no cree en la pesca inmerecida. Sólo

el dolor y el coraje y el inaudito tesón pueden llevarlo a esa presa que se le parece tanto. En el mar hondo, combate con su reflejo; resiste contra sí mismo en el cordel que tensan sus manos destrozadas. Pero el atrevimiento rompe el equilibrio que ha mantenido con esa ecología de la rivalidad. El pescador entra a una zona donde puede probar el verdadero alcance de su fuerza, pero donde eso resulta inútil. Santiago atrapa un pez inmenso que no puede subir a bordo y debe remolcar a la costa entre el mar de los tiburones. Es el momento de resignarse y abandonar la lucha, pero el protagonista ya está lejos de las aguas de la calma; sin ninguna opción de éxito, combate hasta el final con los tiburones que transforman su trofeo en sangrienta carnada. Este gesto dramático y altivo está nimbado de religiosidad; es una prueba de entereza gratuita, sin recompensa posible, una plegaria devastada y fervorosa, que no será oída.

Santiago es devoto de la Virgen de la Caridad del Cobre, patrona de Cuba, y tiene una imagen de ella en su choza (posible alusión a que su difunta esposa peregrinó al santuario de la Caridad). La estatua de la Virgen fue encontrada en 1628 cuando flotaba en el mar, muy cerca de la costa de Cuba. El nombre de Santiago también vincula la religión con el mar. Cuando el apóstol Santiago murió en Tierra Santa, sus discípulos se hicieron con el cuerpo y lo trasladaron a Galicia en una embarcación. Siglos más tarde, el señor de Pimentel pidió la protección del santo para huir de los árabes a nado y salió del mar cubierto de conchas, las vieiras que se convertirían en talismán de los peregrinos que hacen el camino de Santiago.

La gesta del pescador cubano tiene mucho de martirio y peregrinación, pero sus resultados son seculares. Desde el título de su primer libro de cuentos, *En nuestro tiempo*, tomado de un libro de oraciones, Hemingway sugiere que las acciones más comunes tienen un trasfondo religioso, un horizonte que trasciende a los personajes pero que no se puede alcanzar y ni siquiera discutir: «No pienses en el pecado… hay gente a la que se paga por hacerlo», Santiago se dice a sí mismo. Enemigo de la introspección, Hemingway se abstiene de juzgar la conducta de sus personajes.

En *El viejo y el mar* está a punto de romper este pacto y de transformar el mar de Santiago en una agitada iglesia. Las alusiones a la hagiografía cristiana son suficientes para crear un marco alegórico y para leer el relato como un fracaso de la moral ante la devastadora naturaleza: Santiago es un hombre de fe cuyas fatigas no tienen recompensa. Sin embargo, cada vez que el monólogo del pescador está a punto de volverse explicativo en exceso, Hemingway desordena la devoción de su protagonista y la complica con los vibrantes datos que arroja el mar. Cuando el pez salta entre la espuma y Santiago le arroja el arpón mortal, la descripción mantiene la dramática objetividad de la pesca —la destreza técnica como máxima aventura—, pero al mismo tiempo admite una idea popular de la ofrenda: «Se había vuelto plateado (originalmente era violáceo y plateado) y las franjas eran del mismo color violáceo pálido de su cola. Eran más anchas que la mano de un hombre con los dedos abiertos y los ojos del pez parecían tan indiferentes como los espejos de un periscopio o un santo en una procesión».

La frase más célebre de la novela es engañosa:

«Un hombre puede ser destruido, pero no derrotado». Santiago arde en su propia energía; sin embargo, no busca, como el mártir, que su suplicio sea ejemplar. Sólo él y Manolín, el muchacho que fue su escudero, conocen el alcance de su hazaña. Extenuado, sin otro saldo de su lance que un magnífico esqueleto atado al barco, Santiago regresa a casa. Ya sin el apuro de la travesía, se permite descansar y sueña con la poderosa estampa que vio cuando trabajó como marino en las costas de África: una playa recorrida por los leones.

La victoria de Santiago consiste en esa tenue ensoñación después de la derrota. Una crónica de 1924 revela el sostenido interés de Hemingway por los combates donde las nociones de triunfo y de derrota cambian de signo. En una pelea de boxeo en el Cirque de París, el veterano Ledoux, de treinta y un años, desafió a Mascart, campeón de peso pluma de Europa, y le arrebató el título por decisión unánime. Al respecto, escribió Hemingway a los veinticinco años: «Luchando en un ring resbaloso por su propia sangre, superado en el boxeo, degradado, golpeado sin misericordia pero nunca dominado, Édouard Mascart perdió su título ante Charles Ledoux. Después de veinte *rounds* las facciones de su rostro se habían disuelto en una masa hinchada y sanguinolenta, sus ojos estaban casi cerrados, y a cada pocos segundos se veía obligado a escupir sangre de la boca. También Ledoux estaba bañado en sangre, pero no era la suya». El pasaje lleva el sello del periodista que percutía en el teclado hasta que la máquina de escribir echara humo; de manera significativa, también refrenda la convicción de Hemingway de que la resistencia a ultranza otorga una dignidad que refuta la derrota. «Golpeado sin misericordia pero nunca dominado», Édouard Mascart pertenece a la estirpe de Santiago; pierde el título pero se engrandece en su calvario.

En el combate del Cirque conviene resaltar, además, la atracción del cronista por un veterano que regresa a imponer su ley. «No hay segundos actos en la historia americana», escribió Fitzgerald ante una sociedad enamorada del éxito que exigía a sus ídolos no sólo encumbrarse sino volver a hacerlo cuando ya parecía imposible. El más duro reto que impone la cultura popular norteamericana es el *comeback*, el regreso contra los pronósticos. Hemingway trabajó con denuedo para alterar la noción convencional del triunfo y no podía ignorar la gesta del retorno desafiante: *El viejo y el mar* es un *comeback* colosal y vacío, una portentosa acción sin resultados.

La novela también significaba el regreso del autor después de años poco productivos. No es casual que el relato de Santiago y la tardía y algo inesperada muestra de resistencia de Hemingway conectaran de inmediato con un público ávido de «segundos actos». En 1953 la novela apareció íntegra en la revista *Life*, con un tiraje de cinco millones de ejemplares; esta difusión no impidió que el libro se vendiera muy bien: *El viejo y el mar* se mantuvo 26 semanas en la lista de *best sellers* del *New York Times*. Ese año recibió el Premio Pulitzer. En 1954, después de sufrir dos accidentes de aviación en Uganda que provocaron anticipados obituarios y sugirieron que sus días de retorno no serían muchos, el sobreviviente Ernest Hemingway obtuvo el Premio Nobel.

El viejo y el mar encandiló al gran público como una fábula ejemplar y despertó el interés de lectores como el historiador de arte Bernard Berenson, incapaz de vestirse o de contemplar algo sin absoluta sofisticación. De acuerdo con Berenson, el estilo marino de Hemingway resulta superior a la «inflada grandilocuencia» de Melville. El novelista de Oak Park, por lo general ajeno a la respuesta crítica, atesoró este comentario y lo mostraba con candorosa felicidad de boxeador: Santiago había vencido a Ahab.

Lección de objetividad, la prosa de Hemingway rara vez admite los devaneos de la conciencia. Hasta 1951, ningún personaje del autor había estado tanto tiempo solo como Santiago. La novela transmite lo que pasa en una mente atribulada; sin embargo, más allá de ciertas declaraciones de hermandad con el pez o del recordatorio de que el padre de Joe Di Maggio fue pescador como san Pablo, son los datos los que otorgan trascendencia al relato. Santiago ve el entorno con pragmática inmediatez; el bien y el mal son para él formas de tensar cordeles.

El viejo y el mar es un apabullante seminario sobre el arte de pescar con precariedad. Numerosos eruditos han recorrido en lancha las aguas del Caribe, han contado los metros de cordel, las horas de lucha y las técnicas de acoso, confirmando la veracidad del relato, asunto de interés marginal y más bien estadístico; lo decisivo es la sensación de realidad que transmite Hemingway. Los días y las noches de Santiago dependen de la forma en que trabaja con unos cuantos enseres en un espacio mínimo. «El hombre acorralado se vuelve elocuente», ha escrito George Steiner. Inculto, exhausto, casi mudo, Santiago adquiere poderosa elocuencia en sus intrincadas maniobras con el sedal. En una carta de 1958, Italo Calvino le escribe a Carlo Cassola: «Contra Gide y la escritura del intelectualismo, escogí a Hemingway y la literatura de los hechos». Deslumbrado por *Fiesta*, Calvino aprendió en Hemingway, no a renunciar a la interioridad en favor de una fría descripción de lo real, sino a expresar las emociones y las ideas a partir de lo que hacen los personajes.

En *El viejo y el mar* Hemingway lleva hasta sus últimas consecuencias el procedimiento de mostrar una conciencia a partir de su trato con las cosas. Seguramente, se trata de una obra más programática que los cuentos de Hemingway, donde la conclusión moral depende por entero

del lector. Construida casi al modo de una pará-
bola sobre el coraje y el combate contra la inven-
cible naturaleza, *El viejo y el mar* permite, sin
embargo, diversas lecturas.

Un interesante tema de controversia es la
edad de Manolín, el muchacho que aprendió a
pescar con Santiago y le lleva comida y periódicos con los resultados del béisbol. En las adapta-
ciones cinematográficas, las versiones en cómic o
dibujos animados y la mayoría de las lecturas críticas, se asume que se trata de un niño o un ado-
lescente, lo cual enfatiza el tono ejemplar del relato. Si la lección de Santiago ocurre en beneficio
de Manolín y su mirada inocente, se espera del
lector una actitud similar: el azoro ante los in-
cuestionables portentos de un cuento de hadas
para adultos. De nueva cuenta, el béisbol sirvió a
Bickford Sylvester como oráculo ante el enigma
de Manolín. El muchacho compara su destino
con el del beisbolista Dick Sisler, cuyo padre de-
butó en las Grandes Ligas a la edad de Manolín.
Sylvester comenta que el olvidado George Sisler
empezó su discreta trayectoria a los veintidós
años. Tal es la edad de Manolín. Esto explica que

pueda hacer un trabajo físico tan pesado como cargar los cordeles de pesca y que Santiago realmente requiera de su apoyo a bordo. Al mismo tiempo, enfatiza el rito de paso del personaje; socialmente, sigue siendo un joven manipulable, sujeto a un patriarcado que le impide crecer y lo obliga a asumir la pesca como una tarea indiferenciada donde el mar es una fábrica. Él ha aprendido otras cosas con el viejo y está en condiciones de demostrarlo, pero no se atreve. Su llanto es el de un adulto que comprende su cobardía y no el de un niño conmovido por el fracaso del anciano. Al revisar el guión cinematográfico de la novela, Hemingway se topó con este parlamento de Manolín: «El padre del gran Sisler jugó en las Grandes Ligas a los dieciséis años». Fiel a su código de no revelar su obra, el autor se limitó a escribir al margen: «El muchacho es impreciso en este dato».

En su célebre ensayo «Hemingway: Instrumento moral», Edmund Wilson no tomó en cuenta *El viejo y el mar* (escribió la primera versión en 1939 y le hizo un añadido en 1941); con todo, su reflexión se aplica a los logros de la novela y los desafíos de lectura que suscita: «Con una sensibilidad casi inigualada, [Hemingway] ha sabido responder a cada presión del clima moral de la época, tal y como se experimenta en las raíces de las relaciones humanas… A fin de cuentas, todo lo que ocurre en el mundo, tanto en el plano político como en el atlético, depende del valor y la fuerza». Poco más adelante, Wilson comenta que para el novelista de *Adiós a las armas* el valor y la fuerza «siempre se conciben en términos físicos». Las acciones deciden por los personajes. Esto explica la facilidad con que el autor conecta con muy diversos tipos de lectores; también, que muchas veces sea simplificado. La escasa introspección del héroe de Hemingway, su dependencia casi absoluta de la exterioridad, permite que el lector veloz o distraído siga la trama sin buscar la intrincada red de significados bajo la superficie del relato, el mundo *interior* que se desprende de lo que sucede. En *El viejo y el mar* el veterano Hemingway trató de cerrar este abismo con una historia que recreara los hechos en estado puro y al mismo tiempo los sometiera a discusión. Enemigo de la novela de ideas, concibió un personaje para quien la mente es algo intensamente práctico, una extensión de su esquife a la deriva. Cuando Santiago está a punto de explicarse a sí mismo y de convertir su monólogo en un autoanálisis o una plegaria, un venturoso golpe del oleaje desvía el tren de sus ideas. La tentación del manierismo rozó el texto pero Hemingway preservó su misterio, al grado de que aún se discute la edad de un personaje o la pertinencia de ciertas asociaciones religiosas.

En el día 85 de su temporada sin pesca Santiago enfiló hacia aguas imprecisas. Pensaba en Joe Di Maggio y en lo que él sabía hacer con sus manos, aunque la izquierda nunca fue muy buena. Llevaba suficientes metros de cordel, anzuelos, un arpón y otros rudimentos. Se olvidó de dos lujos necesarios: una botella de agua y un poco de sal.

Con esos mínimos materiales, Ernest Hemingway compuso su último relato maestro. Treinta años después de describir la pesca de atún en Galicia, volvió al mar donde lo aguardaba su peculiar camino de Santiago.

JUAN VILLORO

EL VIEJO Y EL MAR

Para Charles Scribner y
para Max Perkins

Era un viejo que pescaba solo en un esquife en la corriente del Golfo y llevaba ochenta y cuatro días sin hacer una sola captura. Los primeros cuarenta días le había acompañado un muchacho. Pero, después de tantos días sin pescar un solo pez, los padres del chico dijeron que el viejo estaba decidida e irremediablemente *salao*, lo que equivale al colmo de la mala suerte y, obedeciendo sus órdenes, el chico se había embarcado en otro bote que pescó tres peces de buen tamaño la primera semana. Al muchacho le daba lástima ver al viejo volver cada día con el esquife vacío y siempre procuraba ayudarle a cargar con los rollos de sedal, con el bichero y el arpón, y con la vela que llevaba aferrada en torno al mástil. Estaba remendada con sacos de harina y, recogida, parecía el estandarte de una eterna derrota.

El viejo era flaco y reseco y tenía la nuca surcada de profundas arrugas. Las manchas marrones del cáncer benigno de piel que produce el reflejo del sol en el mar tropical teñían sus mejillas. Dichas manchas se extendían por ambos lados de la cara y sus manos tenían las agrietadas cicatrices que causa el sedal al manipularlo cuando pican peces grandes. Pero ninguna de ellas era reciente. Eran viejas como surcos en un desierto sin peces.

Todo en él era viejo excepto sus ojos, que tenían el mismo color que el mar y eran alegres e indómitos.

—Santiago —le dijo el chico mientras subían por la orilla donde había quedado varado el bote—, podría volver con usted. Hemos ganado un buen dinero.

El viejo había enseñado a pescar al muchacho, que le tenía mucho aprecio.

—No —respondió—. Estás en un bote con buena estrella. Quédate con ellos.

—Pero recuerde que una vez pasó usted ochenta y siete días sin pescar nada y luego pescamos peces grandes a diario durante tres semanas.

—Lo recuerdo —dijo el viejo—. Sé que no te fuiste porque dudases de mí.

—Mi padre me obligó. No soy más que un chiquillo y debo obedecerle.

—Lo sé —repuso el viejo—. Es muy normal.

—No tiene mucha fe.

—No —coincidió el viejo—. Pero nosotros sí la tenemos, ¿verdad?

—Sí —respondió el muchacho—. ¿Puedo invitarle a una cerveza en la Terraza y después ya llevaremos los aparejos a casa?

—¿Por qué no? —dijo el viejo—. De pescador a pescador.

Se sentaron en la Terraza. Muchos pescadores se burlaron del viejo pero él no se enfadó. Otros, los mayores, lo miraron y sintieron lástima. Pero no lo demostraron y se limitaron a conversar cortésmente acerca de la corriente, las profundidades a las que habían arrastrado el sedal, el buen tiempo que hacía y lo que habían visto. Quienes habían tenido éxito ese día, habían llegado ya, habían limpiado los marlines y los llevaban tendidos sobre dos planchas con las que cargaban varios hombres que se tambaleaban al extremo de cada una de ellas, para transportarlos a la lonja donde esperarían a que el camión del hielo los llevase al mercado de La Habana. Quienes habían capturado tiburones, los habían llevado a la factoría tiburonera del otro lado de la ensenada, donde los izarían con una polea, les sacarían los hígados, les cortarían las aletas, los despellejarían y cortarían la carne en tiras para salazones.

Cuando soplaba viento del este llegaba al puerto el hedor de la factoría, pero ese día apenas se notaba el olor porque el viento había rolado al norte y luego había amainado, así que se estaba bien al sol en la Terraza.

—Santiago —dijo el muchacho.

—¿Sí? —respondió el viejo. Tenía el vaso en la mano y estaba pensando en tiempos pasados.

—¿Puedo ir a buscarle unas sardinas mañana?

—No. Ve a jugar al béisbol. Aún puedo remar y ya se encargará Rogelio de echar la red.

—Me gustaría ir. Ya que no puedo pescar con usted, me gustaría ayudarle de otro modo.

—Me has pagado una cerveza —dijo el viejo—. Ya eres un hombre.

—¿Qué edad tenía cuando me llevó por primera vez en un bote?

—Cinco. Por poco te mueres cuando subí demasiado pronto a bordo un pez que estuvo a punto de destrozar el bote. ¿Lo recuerdas?

—Recuerdo los golpes, las sacudidas y el ruido de los tacatazos y de la bancada al romperse. Recuerdo que me empujó usted a proa donde estaban los rollos de sedal mojados, y que sentí cómo se estremecía el bote entero y el ruido que hacía usted al darle de palos como si estuviese cortando un árbol y el olor dulzón de la sangre que me envolvía.

—¿De verdad lo recuerdas o es que yo te lo he contado?

—Lo recuerdo todo desde el primer día que salimos a pescar.

El viejo lo miró con sus ojos afectuosos, confiados y quemados por el sol.

—Si fueses hijo mío, correría el riesgo de llevarte —dijo—. Pero eres hijo de tu padre y de tu madre y ahora estás en un bote con buena estrella.

—¿Puedo ir a buscarle las sardinas? También sé dónde conseguir cuatro carnadas.

—Tengo las que me han sobrado hoy. Las he puesto con sal en su caja.

—Deje que le traiga cuatro cebos frescos.

—Uno —dijo el viejo. No había perdido nunca la esperanza ni la confianza. Pero ahora se fortalecían como cuando se levanta la brisa.

—Dos —regateó el chico.

—Dos —accedió el viejo—. ¿No los habrás robado?

—Lo habría hecho —respondió el muchacho—. Pero estos los he comprado.

—Gracias —repuso el viejo. Era demasiado sencillo para sorprenderse cuando conseguía ser humilde. Pero sabía que lo había logrado y que no era deshonroso ni un motivo de descrédito—. Mañana será un buen día con esta corriente —dijo.

—¿Adónde irá usted? —preguntó el chico.

—Lejos, así podré volver cuando cambie el viento. Quiero estar mar adentro cuando despunte el día.

—Intentaré convencer al patrón de que vayamos mar adentro —dijo el muchacho—. Así, si pesca usted algo, podremos ir a ayudarle.

—A él no le gusta ir tan lejos.

—No —coincidió el chico—. Pero diré que he visto algo que él no acierte a distinguir bien, como un pájaro pescando, o le haré seguir la estela de un dorado.

—¿Tan mal está de la vista?

—Está casi ciego.

—Qué raro —dijo el viejo—. Nunca se ha dedicado a la pesca de la tortuga. Eso sí que es malo para los ojos.

—Pero usted pasó años pescando tortugas en la Costa de los Mosquitos y tiene muy buena vista.

—Soy un viejo muy raro.

—Pero ¿se ve usted con fuerzas para sacar un pez verdaderamente grande?

—Eso creo. Además conozco muchos trucos.

—Llevemos todo esto a casa —dijo el chico—. Así podré coger el esparavel e ir a por las sardinas.

Sacaron los aparejos del bote. El viejo se echó el mástil al hombro y el chico cargó con el bichero, con el arpón y su mango, y con la caja de madera donde iban los rollos marrones de sedal bien trenzado. Dejaron bajo la popa del esquife la caja de las carnadas y el palo que utilizaba para rematar a los peces grandes cuando los acercaba al costado del bote. A nadie se le habría ocurrido robarle al viejo, pero era mejor llevarse a casa la vela y los gruesos sedales porque podían estropearse con la humedad y porque, aunque estaba seguro de que nadie del pueblo le robaría, el viejo opinaba que el bichero y el arpón eran tentaciones que no valía la pena dejar en el bote.

Subieron juntos por el camino que llevaba a su cabaña, encontraron la puerta abierta y entraron. El viejo apoyó en la pared el mástil con la vela recogida y el chico dejó al lado la caja y los demás utensilios. El mástil era casi tan largo como la única habitación de la cabaña, construida con las duras pencas de la palma real que la gente llama *guano*, y en la que había una cama, una mesa, una silla y un rincón en el suelo sucio para cocinar con carbón. En las pardas paredes, hechas con las hojas aplastadas y superpuestas del robusto y fibroso *guano*, había una imagen coloreada del Sagrado Corazón de Jesús y otra de la Virgen del Cobre. Eran recuerdos de su mujer. En otra época había habido en la pared una fotografía descolorida de su mujer, pero la había quitado porque verla le hacía sentirse solo y ahora la guardaba en el estante del rincón, debajo de su camisa limpia.

—¿Qué tiene hoy de comer? —preguntó el chico.

—Una olla de arroz con pescado. ¿Quieres un poco?

—No. Comeré en casa. ¿Le enciendo el fuego?

—No. Ya lo encenderé yo más tarde. O tal vez me coma el arroz frío.

—¿Puedo llevarme el esparavel?

—Pues claro. —No tenía ningún esparavel y el muchacho se acordaba de cuando lo vendieron. Pero todos los días repetían aquella ficción. Tampoco tenía ninguna olla de arroz con pescado y el chico también lo sabía—. El ochenta y cinco es un número de la suerte —dijo el viejo—. ¿Qué te parecería verme llegar con uno que, después de limpio, pesara más de cuatrocientos kilos?

—Cogeré el esparavel e iré a por las sardinas. ¿Va a sentarse a tomar el sol en la puerta?

—Sí. Tengo el periódico de ayer y leeré las noticias de béisbol. —El muchacho se preguntó si lo del periódico del día anterior también sería una ficción. Pero el viejo lo sacó de debajo de la cama—. Me lo dio Perico en la *bodega* —explicó.

—Volveré en cuanto pesque las sardinas. Las dejaré sobre el hielo con las mías y nos las repartiremos por la mañana. Cuando vuelva ya me contará lo del béisbol.

—Los Yankees lo tienen ganado.

—No me fío de los Indians de Cleveland.

—Ten fe en los Yankees, hijo. Piensa en el gran DiMaggio.

—Me preocupan los Tigers de Detroit y los Indians de Cleveland.

—Si sigues así te preocuparán incluso los Reds de Cincinnati y los White Sox de Chicago.

—Usted léalo y cuéntemelo cuando vuelva.

—¿Crees que deberíamos comprar un número de lotería acabado en ochenta y cinco? Mañana se cumplen ochenta y cinco días.

—Podemos —respondió el chico—. Pero

¿qué me dice del ochenta y siete, cuando consiguió usted su gran récord?

—No se repetirá dos veces. ¿Crees que podríamos encontrar uno acabado en ochenta y cinco?

—Puedo encargarlo.

—Un billete entero. Son dos dólares y medio. ¿A quién podemos pedirle prestado?

—Es fácil. Cualquiera me prestará dos dólares y medio.

—Creo que a mí también me los prestarían. Pero prefiero no pedir prestado. Se empieza pidiendo prestado y se acaba mendigando.

—Abríguese —respondió el muchacho—. No olvide que estamos en septiembre.

—El mes de los peces grandes —dijo el viejo—. Cualquiera puede ser pescador en mayo.

—Voy a por las sardinas —dijo el chico.

Cuando regresó, vio que se había quedado dormido en la silla y el sol estaba bajo. Cogió la vieja manta del ejército que había sobre la cama y se la echó sobre los hombros y la parte de atrás de la silla. Eran unos hombros muy raros, aún vigorosos pero muy viejos, también el cuello era fuerte y las arrugas no se veían tanto ahora que se había quedado dormido y tenía la cabeza inclinada hacia delante. La camisa estaba tan remendada como la vela y el sol había descolorido los remiendos con diversos matices. Su cabeza también era muy vieja y, con los ojos cerrados, su rostro carecía de vida. Tenía el periódico abierto sobre las rodillas y el peso de su brazo lo sujetaba bajo la brisa vespertina. Iba descalzo.

Lo dejó allí y, cuando volvió, aún seguía dormido.

—Despierte, hombre —dijo el chico y le puso una mano en la rodilla.

El viejo abrió los ojos y por un momento fue como si regresara desde algún lugar muy lejano. Luego sonrió.

—¿Qué has traído? —preguntó.

—La cena —dijo el chico—. Vamos a cenar.

—No tengo mucha hambre.

—Venga usted a comer. No puede ir a pescar si no come.

—No sería la primera vez… —respondió el viejo levantándose y cogiendo el periódico para doblarlo. Luego empezó a doblar la manta.

—No se quite la manta —dijo el muchacho—.
No saldrá usted a pescar sin comer como no sea
por encima de mi cadáver.

—Entonces espero que vivas muchos años
—repuso el viejo—. ¿Qué vamos a cenar?

—Frijoles negros con arroz, plátanos fritos y
un poco de estofado.

El chico lo había traído de la Terraza dentro
de una fiambrera metálica con dos platos. Llevaba los dos juegos de cubiertos en el bolsillo, envueltos en una servilleta de papel.

—¿Quién te lo ha dado?

—Martín. El dueño.

—Tendré que darle las gracias.

—Ya lo he hecho yo —repuso el chico—. No
tiene usted por qué dárselas.

—Le daré la ventresca de un pez grande
—dijo el viejo—. ¿Ha hecho esto por nosotros
alguna otra vez?

—Creo que sí.

—Entonces tendré que darle algo más, aparte
de la ventresca. Es muy atento.

—Le envía dos cervezas.

—Prefiero la cerveza en lata.

—Lo sé. Pero esta es en botella. Cerveza Hatuey. Luego le llevaré los cascos vacíos.

—Muy amable por tu parte —dijo el viejo—. ¿Comemos?

—Es lo que le estaba diciendo —respondió el chico amablemente—. No he querido abrir la fiambrera hasta que estuviese usted listo.

—Ya lo estoy —afirmó el viejo—. Solo necesitaba tiempo para lavarme.

¿Dónde se habrá lavado?, pensó el muchacho. La fuente del pueblo estaba a dos calles de allí. Tendré que traerle agua, pensó el chico, y jabón y una buena toalla. ¿Cómo puedo ser tan desconsiderado? Debería conseguirle otra camisa y una chaqueta para el invierno, y unos zapatos y otra manta.

—Tu estofado es excelente —dijo el viejo.

—Cuénteme lo del béisbol —le pidió el chico.

—La Liga Americana es de los Yankees, como te dije —respondió feliz el viejo.

—Hoy han perdido —objetó el muchacho.

—Eso no significa nada. El gran DiMaggio vuelve a estar en forma.

—Hay más jugadores en el equipo.

—Claro. Pero con él es diferente. En la otra

liga, entre Brooklyn y Filadelfia, me quedo con Brooklyn. Aunque si pienso en Dick Sisler y en esas carreras...

—No se ha vuelto a ver nada igual. Lanza la pelota más lejos que nadie.

—¿Recuerdas cuando venía a la Terraza? Quise llevarlo a pescar, pero me dio vergüenza. Luego te pedí que se lo dijeras tú, pero también te dio vergüenza.

—Lo sé. Fue un error imperdonable. Podría haber salido con nosotros. Lo habríamos recordado toda la vida.

—Me gustaría llevar a pescar al gran DiMaggio —dijo el viejo—. Dicen que su padre era pescador. A lo mejor era tan pobre como nosotros y nos entendería.

—El padre del gran Sisler no era pobre y jugaba en las Grandes Ligas cuando tenía mi edad.

—Cuando yo tenía tu edad estaba embarcado en un buque de aparejo redondo que hacía la travesía a África y he visto leones en las playas al atardecer.

—Lo sé, me lo ha contado.

—¿Hablamos de África o de béisbol?

—Mejor de béisbol —respondió el muchacho—. Hábleme del gran John J. McGraw.

—En los viejos tiempos también venía a la Terraza de vez en cuando. Pero era pendenciero, malhablado y problemático cuando bebía. Le interesaban los caballos tanto como el béisbol. Al menos llevaba siempre listas en el bolsillo y a menudo pronunciaba sus nombres por teléfono.

—Era un gran entrenador —dijo el chico—. Mi padre opina que era el mejor.

—Porque venía mucho por aquí —respondió el viejo—. Si Durocher hubiese seguido viniendo todos los años, tu padre diría que él era el mejor.

—En realidad, ¿quién es mejor entrenador, Luque o Mike González?

—Creo que están a la par.

—Y el mejor pescador es usted.

—No. Conozco a otros mejores.

—¡*Qué va!* —exclamó el chico—. Hay muchos pescadores buenos y algunos magníficos. Pero usted es único.

—Gracias. Me alegra que lo pienses. Ojalá no se presente un pez tan grande que me haga quedar en mal lugar.

—Si sigue usted tan fuerte como dice, no habrá pez que pueda con usted.

—Quizá no lo sea tanto como creo —repuso el viejo—. Pero conozco muchos trucos y soy un hombre decidido.

—Debería irse a dormir para estar despejado por la mañana. Llevaré las cosas de vuelta a la Terraza.

—Buenas noches. Te despertaré por la mañana.

—Es usted mi reloj despertador —dijo el muchacho.

—El mío es la edad —respondió el otro—. ¿Por qué madrugaremos tanto los viejos? ¿Será para alargar el día?

—No sé —dijo el chico—. Lo único que es seguro es que los jóvenes duermen mucho y tienen el sueño profundo.

—Lo recuerdo —dijo el viejo—. Te despertaré a tiempo.

—No me gusta que me despierte él. Me hace sentir inferior.

—Lo sé.

—Que duerma bien.

El chico se fue. Habían cenado sin luz en la mesa, el viejo se quitó los pantalones y se metió en la cama en la oscuridad. Enrolló los pantalones para hacerse una almohada y metió dentro el periódico. Se arrebujó en la manta y durmió sobre los otros periódicos viejos que cubrían los muelles del colchón.

Se quedó dormido enseguida y soñó con África cuando era un muchacho, con las playas largas, doradas y tan blancas que herían la vista, y con los cabos y las gigantescas montañas marrones. Últimamente habitaba esa costa todas las noches y en sus sueños oía el rugido de las olas y veía los botes de los nativos entre la espuma. Olía el alquitrán y la estopa de la cubierta mientras dormía y también el olor de África que traía el viento terral por las mañanas.

Por lo general se despertaba al oler aquella brisa, se vestía e iba a despertar al chico. Pero esa noche el olor de tierra llegó muy temprano y supo que era demasiado pronto, por lo que siguió durmiendo para contemplar los picos nevados de las islas alzarse en el mar y luego soñó con los puertos y las radas de las islas Canarias.

Ya no soñaba con tormentas, ni con mujeres, ni con grandes acontecimientos, ni con grandes peces, ni con peleas, ni con demostraciones de fuerza, ni siquiera con su mujer. Solo soñaba con lugares donde había estado y con los leones en la playa. Jugaban como gatitos al atardecer y los quería como quería al chico. Nunca soñaba con él. Solo se despertaba, veía la luna por la puerta abierta, desenrollaba los pantalones y se los ponía. Orinaba fuera de la cabaña y subía por el camino para ir a despertar al chico. Temblaba con el fresco de la mañana. Pero sabía que temblando entraría en calor y que pronto estaría remando.

La puerta de la casa donde vivía el chico no estaba cerrada con llave, la abrió y entró descalzo sin hacer ruido. El muchacho dormía en un catre en la primera habitación y lo vio claramente a la luz desfallecida de la luna. Le cogió suavemente el pie y se lo sujetó hasta que el chico se despertó y le miró. El viejo movió la cabeza, el chico cogió los pantalones de una silla que había al lado y, sentándose en la cama, se los puso.

El viejo salió a la puerta y el muchacho fue

tras él. Estaba adormilado y el viejo le puso la mano en el hombro y le dijo:

—Lo siento.

—*¡Qué va!* —respondió el chico—. Es lo que debe hacer un hombre.

Bajaron por el camino hasta la cabaña del viejo y, en la oscuridad, vieron hombres descalzos que iban y venían con los mástiles de sus botes a cuestas.

Cuando llegaron a la cabaña del viejo, el chico cogió los rollos de sedal de la cesta, el arpón y el bichero y el viejo se echó al hombro el mástil con la vela recogida.

—¿Quiere café? —preguntó el muchacho.

—Pondremos el aparejo en el bote y luego tomaremos un poco.

Tomaron café en latas de leche condensada en un sitio que abría temprano y servía a los pescadores.

—¿Qué tal ha dormido? —preguntó el chico. Estaba empezando a despertarse, aunque le costaba sacudirse el sueño de encima.

—Muy bien, Manolín —respondió el viejo—. Hoy me siento confiado.

—Yo también —dijo el chico—. Ahora iré a por sus sardinas y las mías, y a por sus cebos frescos. El patrón siempre lleva el aparejo él mismo. No deja que nadie le lleve nada.

—Somos diferentes —dijo el viejo—. Yo te dejaba llevar las cosas cuando tenías cinco años.

—Lo sé —repuso el chico—. Enseguida vuelvo. Tómese otro café. Aquí nos fían.

Se alejó descalzo por las rocas de coral hasta la nevera donde almacenaban los cebos.

El viejo se bebió despacio el café. Era lo único que desayunaría en todo el día y sabía que debía tomárselo. Hacía tiempo que le fastidiaba comer y nunca llevaba almuerzo. Tenía una botella de agua en la proa del esquife y eso era todo lo que necesitaba para pasar el día.

El chico volvió con las sardinas y los dos cebos envueltos en un periódico y bajaron por el sendero hasta el esquife, notando los guijarros de la arena bajo los pies, levantaron el esquife y lo echaron al agua.

—Buena suerte.

—Buena suerte —respondió el viejo. Ajustó las trincas de cuerda de los remos a los toletes e, inclinándose hacia delante para contrarrestar el empuje de los remos en el agua, empezó a remar en la oscuridad para salir de puerto. Había otros botes haciéndose a la mar desde otras playas y el viejo oía el chapoteo de los remos aun cuando no pudiera verlos ahora que la luna se había ocultado detrás de las montañas.

A veces alguien hablaba en un bote. Pero casi todos guardaban silencio y solo se oía el chapoteo de los remos. Se dispersaron al atravesar la bocana del puerto y cada cual puso rumbo a aquella parte del mar donde esperaba encontrar peces. El viejo tenía pensado ir mar adentro, por lo que dejó atrás el olor a tierra y remó hacia el limpio aroma matutino del océano. Vio la fosforescencia de las algas del Golfo en el agua mientras remaba sobre esa parte del océano que los pescadores llamaban la gran poza porque había de pronto una profundidad de setecientas brazas donde se congregaban toda clase de peces debido al remolino que hacía la corriente contra las empinadas paredes del fondo del océano. Allí se concentraban en los huecos más profundos los camarones y los pececillos, y en ocasiones los bancos de calamar que salían de noche a la superficie, donde los peces más grandes se alimentaban de ellos.

En la oscuridad, el viejo sentía la proximidad de la mañana y mientras remaba escuchaba el tembloroso sonido de los peces voladores al salir del agua y el siseo que hacían sus alas rígidas al surcar el aire en la penumbra. Le gustaban mucho los peces voladores, pues eran sus mejores amigos en el océano. Sintió lástima por los pájaros, sobre todo por los pequeños y delicados charranes que se pasaban el día volando y casi nunca encontraban nada, y pensó: Las aves tienen una vida más difícil que la nuestra, excepto las rapaces y las más grandes. ¿Por qué habrá pájaros tan finos y delicados como las golondrinas de mar cuando el océano puede ser tan cruel? Es apacible y hermoso. Pero también puede ser muy cruel, y se encrespa con facilidad, y esas aves que vuelan, hacen picados y cazan, soltando tristes chillidos son demasiado delicadas para la mar.

Siempre llamaba al océano la mar, que es como lo llama la gente que lo ama. A veces quienes lo aman hablan mal de él, pero siempre lo hacen como si fuese una mujer. Algunos pescadores más jóvenes, los que utilizaban boyas para los sedales y tenían botes a motor, comprados cuando los hígados de tiburón se pagaban a buen precio, lo llamaban el mar, en masculino. Y hablaban de él como un rival, o un lugar, o incluso un enemigo. Pero el viejo siempre se refería a él en femenino y como algo que concedía o rehusaba grandes favores y que si hacía cosas malvadas y violentas era porque no podía evitarlo. La luna le afecta igual que a las mujeres, pensó.

Estaba remando de firme y no le costaba demasiado esfuerzo porque llevaba un ritmo constante y, excepto por los ocasionales remolinos de la corriente, la superficie del océano estaba plana. Dejó que la corriente hiciera por él un tercio del trabajo y cuando empezó a despuntar el día comprobó que estaba más lejos de lo que había pensado estar a esa hora.

Llevo una semana pescando en los pozos más profundos sin conseguir nada, pensó. Hoy probaré suerte donde están los bancos de bonitos y albacoras, tal vez haya algún pez grande entre ellos.

Antes de que se hiciera verdaderamente de día había echado los cebos y estaba derivando con la corriente. Un cebo se encontraba a cuarenta brazas. El segundo, a setenta y cinco, y el tercero y el cuarto flotaban en las aguas azules, a cien y a ciento veinticinco brazas de profundidad. Cada cebo pendía boca abajo con la pata del anzuelo dentro de la carnada, bien atada y afirmada, y con la parte saliente del anzuelo, la curva y la punta, cubierta de sardinas frescas. Las sardinas estaban ensartadas por los ojos formando una media guirnalda sobre el acero. No había una sola parte del anzuelo que no oliera bien y no fuese apetitosa para un pez grande.

El chico le había dado dos atunes pequeños, o albacoras, que colgaban de los sedales más profundos a modo de plomadas y, en los otros, tenía un enorme jurel azul y un jurel amarillo que ya había utilizado antes, aunque todavía se hallaban en buen estado, y a los que las sardinas frescas prestaban aroma y atractivo. Cada sedal, tan grueso como un lápiz, estaba enrollado a una vara verde de árbol, para que se cimbrease con cualquier tirón o picada en el cebo, e iba unido a dos rollos de cuarenta brazas que podían atarse a otros rollos, de manera que, en caso necesario, podía darle a un pez más de trescientas brazas de sedal.

El hombre observó las tres varas que asomaban por la borda del esquife y remó lentamente para mantener tensos y a la profundidad correcta todos los sedales. Había ya mucha luz y el sol saldría en cualquier momento.

El sol se alzó tenuemente del mar y el viejo vio los otros botes a ras del agua, y mucho más cerca de la orilla, dispersarse con la corriente. Luego el sol empezó a brillar y el resplandor cabrilleó en el agua, hasta que, cuando estuvo más alto, el mar plano lo reflejó contra sus ojos con tanta intensidad que le hizo daño, por lo que siguió remando sin mirarlo. Tenía la vista fija en el agua y supervisaba los sedales que se hundían directamente en la oscuridad de las aguas. Los mantenía más tensos que nadie, de modo que a las distintas alturas en la oscuridad de la corriente hubiera un cebo esperando exactamente donde él quería para cualquier pez que pudiera nadar por allí. Otros los dejaban flotar en la corriente y a veces estaban a sesenta brazas cuando ellos creían que estaban a cien.

Soy muy meticuloso, pensó. Lo que ocurre es que la suerte me ha dado la espalda. Pero ¿quién sabe? Tal vez hoy. Cada día es un nuevo día. Es mejor tener suerte. Pero prefiero ser meticuloso. Es mejor que la suerte te sorprenda cuando estás preparado.

Hacía dos horas que había salido el sol y ya no le dolían tanto los ojos al mirar hacia el este. Ya solo se divisaban tres botes, que se distinguían muy a ras del agua y mucho más cerca de la orilla.

Toda mi vida el sol de la mañana me ha hecho daño en los ojos, pensó. Y aun así sigo teniendo buena vista. Por la tarde, puedo mirarlo directamente sin que me ciegue. Y eso que por la tarde es más intenso. Pero por la mañana es doloroso.

En ese momento vio una fragata con sus largas alas negras volando en círculos en el cielo por delante de él. De pronto se abatió en picado con las alas recogidas hacia atrás, y volvió a volar en círculos.

—Ha atrapado algo —dijo el viejo en voz alta—. No está solo mirando.

Remó lenta y decididamente hacia donde el ave volaba en círculos. No se apresuró y se aseguró de que los sedales siguieran tensos. Pero se metió un poco más en la corriente para seguir pescando como es debido aunque un poco más deprisa de lo que lo habría hecho si no estuviese tratando de seguir al pájaro.

La fragata se alzó en el aire y empezó a dar círculos con las alas inmóviles. Luego volvió a zambullirse y el viejo vio a los peces dispersarse y nadar desesperados en la superficie.

—Dorados —exclamó el viejo—. Y de los grandes.

Largó los remos y sacó un sedal fino de la proa. Tenía un alambre en el extremo y un anzuelo mediano que cebó con una de las sardinas. Lo echó por la borda y lo afirmó a un cáncamo de popa. Luego cebó otro sedal y lo dejó adujado a proa. Volvió a remar y a observar al ave negra de largas alas que volaba ahora casi a ras del agua.

Mientras la observaba, el ave volvió a lanzarse en picado inclinando las alas al zambullirse y moviéndolas después violenta e inútilmente mientras trataba de atrapar a los peces voladores. El viejo reparó en el leve bulto que hacían los dorados en el agua al perseguir a los peces fugitivos. Los dorados cortaban velozmente el paso a los peces bajo el agua y los esperaban cuando interrumpían su vuelo. Es un banco grande de dorados, pensó. Se han dispersado y los peces tienen pocas posibilidades. El pájaro no tiene ninguna. Los peces voladores son demasiado grandes para él y se mueven demasiado deprisa.

Observó cómo los peces voladores salían del agua una y otra vez y también los ineficaces movimientos del ave. Ese banco de peces se me ha escapado, pensó. Van demasiado rápido y están muy lejos. Pero puede que queden algunos rezagados y es posible que algún pez más grande les vaya a la zaga. Mi pez debe estar en alguna parte.

Las nubes que había sobre tierra se elevaron como montañas y la costa se convirtió en una mera línea verde y alargada con la cordillera gris y azulada al fondo. El mar se había vuelto de color azul oscuro, tan oscuro que casi parecía púrpura. Al mirarlo vio el tamiz rojizo del plancton y los extraños reflejos del sol. Examinó los sedales, vio cómo se hundían perdiéndose de vista en el agua y le alegró ver tanto plancton porque eso significaba que también habría peces. Ahora que estaba alto, los peculiares reflejos del sol indicaban, igual que la forma de las nubes en tierra, que haría buen tiempo. Pero el ave casi se había perdido de vista y no se veía nada en la superficie del mar excepto algunas manchas de sargazos amarillentos y quemados por el sol y la reconocible vejiga purpúrea, gelatinosa e iridiscente de una carabela portuguesa que flotaba al lado del bote. Se dio la vuelta y luego se enderezó. Flotaba alegremente como una burbuja, arrastrando sus largos y mortíferos filamentos purpúreos de casi un metro de largo.

—Agua mala —dijo el hombre—. Mala puta.

Apoyado levemente en los remos, miró hacia el agua y vio los diminutos pececillos que tenían el mismo color que los largos filamentos y nadaban entre ellos y por debajo de la tenue sombra que proyectaba la burbuja en su deriva. Eran inmunes a su veneno. Pero los hombres no, y, cuando alguno de los filamentos se enredaba en un sedal y se quedaba allí, viscoso y purpúreo, mientras el viejo se esforzaba por pescar un pez, le producía verdugones y ampollas en los brazos y las manos como los de la hiedra venenosa. Solo que el veneno del agua mala era más rápido y golpeaba como un latigazo.

Las burbujas iridiscentes eran muy bellas. Pero también eran lo más falso del océano y al viejo le gustaba ver cómo se las comían las grandes tortugas marinas. En cuanto las tortugas las veían, se les acercaban por delante, cerraban los ojos de manera que quedaban totalmente acorazadas y se las comían con filamentos y todo. Al viejo le encantaba ver cómo se las comían y también pisarlas en la playa después de una tormenta y oír cómo estallaban cuando las aplastaba con las callosas suelas de los pies.

Le gustaban mucho las tortugas verdes y las tortugas carey con su elegancia, velocidad y gran valor, y sentía un cariñoso desprecio por las enormes y estúpidas tortugas bobas, con su armadura amarillenta, sus extrañas copulaciones y su manera despreocupada de devorar las carabelas portuguesas con los ojos cerrados.

Aunque había pasado muchos años en barcos tortugueros, no pensaba demasiado en las tortugas. Le daban lástima, incluso las grandes tortugas laúd, que eran tan largas como el esquife y pesaban una tonelada. La mayoría de la gente es despiadada con las tortugas y no piensa que el corazón de una tortuga sigue latiendo horas después de que la hayan matado y descuartizado. Pero el viejo pensaba: Yo también tengo un corazón, y mis pies y mis manos son como los suyos. Almorzaba sus blancos huevos para cobrar fuerzas. Los comía durante todo el mes de mayo para estar fuerte en septiembre y octubre, y salir a pescar los peces más grandes.

También se bebía una taza de aceite de hígado de tiburón al día, de un bidón que había en la cabaña donde muchos pescadores guardaban el aparejo. Estaba allí para cualquier pescador que lo quisiera. La mayoría de los pescadores odiaban el sabor. Pero no era peor que levantarse a las horas que se levantaban, iba muy bien para prevenir gripes y resfriados y era bueno para la vista.

El viejo alzó la mirada y vio que el pájaro estaba volando en círculos otra vez.

—Ha encontrado peces —dijo en voz alta.

Ningún pez salió a la superficie y no se veían bancos de pececillos. Pero mientras el viejo observaba, un pequeño atún saltó por el aire y cayó de cabeza en el agua. El atún brilló plateado al sol y justo después de que se zambullera, apareció otro, y otro más y pronto estuvieron saltando por todas partes, chapoteando y dando saltos detrás de los peces. Estaban rodeándolos y empujándolos.

Si no van muy deprisa los alcanzaré, pensó el viejo, y observó cómo la espuma que hacía el banco de atunes teñía el agua de blanco y al pájaro que se lanzaba en picado sobre los pececillos que, aterrorizados, se veían obligados a salir a la superficie.

—Ese pájaro resulta de gran ayuda —dijo el viejo.

Entonces el sedal de popa se tensó bajo su pie, donde había dejado un rollo de sedal; largó los remos y sintió los tirones estremecidos del pequeño atún cuando tensó el sedal y empezó a halarlo. El temblor aumentó a medida que fue tirando del hilo y pronto vio la aleta azul del pez en el agua y el color dorado de sus costados antes de subirlo sobre la borda y meterlo en el bote. Se quedó tendido al sol en la popa, recio y con forma de bala; sus ojos grandes y estúpidos miraban fijamente mientras la vida se le escapaba con cada golpe que daban contra las cuadernas del bote las rápidas y estremecidas sacudidas de su cola. El viejo le golpeó por compasión en la cabeza y lo envió de una patada, todavía tembloroso, a la sombra de la popa.

—Una albacora —dijo en voz alta—. Será una buena carnada. Debe de pesar unos cuatro kilos y medio.

No recordaba cuándo había empezado a hablar a solas en voz alta. En los viejos tiempos cantaba cuando estaba solo y a veces también cuando estaba al timón durante el turno de guardia en los botes de pesca o en los barcos tortugueros. Lo más probable era que hubiera empezado a hablar solo cuando se marchó el muchacho. Pero no lo recordaba. Normalmente, cuando el chico y él pescaban juntos, no hablaban si no era necesario. Hablaban de noche o cuando les sorprendía el mal tiempo. En el mar se consideraba una virtud no hablar más de la cuenta y al viejo eso siempre le pareció bien y lo respetó. Pero ahora decía a menudo en voz alta lo que pensaba porque no había nadie a quien pudiera molestar.

—Si los demás me oyesen hablar en voz alta pensarían que me he vuelto loco —dijo—. Pero como no lo estoy, no me importa. Y los ricos tienen radios para hablar desde los botes y oír el béisbol.

Ahora no es momento de pensar en el béisbol, se dijo. Ahora tengo que pensar en otra cosa. Aquella para la que nací. Podría haber un pez grande acechando a ese banco. He pescado solo a un rezagado de los que estaban alimentándose. Pero se están alejando muy rápido. Todo lo que asoma hoy a la superficie se aleja muy deprisa hacia el nordeste. ¿Será por la hora? ¿O será algún aviso del tiempo que no he sabido interpretar?

Ya no se distinguía el verde de la orilla, sino solo las cimas de las azuladas montañas, que parecían cubiertas de nieve, y las nubes que asomaban por encima como enormes cumbres nevadas. El mar estaba muy oscuro y la luz cabrilleaba en el agua. Las miríadas de motas de plancton quedaban borradas ahora por el sol y solo se veían los profundos cabrilleos en el agua azul que el viejo contemplaba mientras los sedales se hundían directamente en el mar, que tenía allí más de una milla de profundidad.

Los atunes —los pescadores llamaban atunes a todos los peces de esa especie y solo los distinguían por sus verdaderos nombres a la hora de venderlos o de canjearlos por carnada— habían vuelto a sumergirse. El sol calentaba mucho, el viejo lo notaba en la nuca y sentía cómo le caían gotas de sudor por la espalda al remar.

Podría dejarme arrastrar por la corriente, pensó, dormir un poco y hacerme una gaza en torno al dedo gordo del pie para despertarme. Pero hoy hace ochenta y cinco días y debería pescar como es debido.

Justo en ese momento, al observar los sedales, vio que una de las varas se combaba bruscamente.

—Sí —dijo—. Sí.

Largó los remos sin hacer ruido. Cogió el sedal con mucha delicadeza entre el pulgar y el índice de la mano derecha. No notó tensión ni peso y sostuvo el sedal con cuidado. Luego volvió a notarlo. Esta vez fue un tirón tímido, sin demasiada fuerza, y supo exactamente lo que era. A cien metros de profundidad, un marlín estaba comiéndose las sardinas que cubrían la punta y la pata del anzuelo forjado a mano que asomaba de la cabeza del pequeño atún.

El viejo sujetó con delicadeza el sedal y, con la mano izquierda, lo soltó cuidadosamente de la vara. Ahora lo dejó correr entre sus dedos sin que el pez notara la menor tensión.

Tan mar adentro y en este mes debe de ser enorme, pensó. Cómetelas, pez. Cómetelas. Por favor, cómetelas. Están muy frescas y tú estás a doscientos metros en el agua fría y oscura. Da la vuelta en la oscuridad y cómetelas.

Notó el leve y delicado tirón y luego uno más violento: debía de haberle costado arrancar la cabeza de una sardina del anzuelo. Luego, nada.

—Vamos —dijo en voz alta el viejo—. Da otra vuelta. Huélelas. ¿No son deliciosas? Cómetelas, y también tienes el atún. Duro, frío y delicioso. No seas tímido, pez. Cómetelas.

Esperó con el sedal entre el pulgar y el índice, observando al mismo tiempo los demás sedales, pues el pez podía haber nadado arriba o abajo. Luego notó otra vez el mismo tirón delicado.

—Morderá el anzuelo —dijo el viejo—. Que Dios le ayude a morderlo.

No obstante, no lo mordió. Se marchó y el viejo no volvió a notar nada.

—No puede haberse ido —dijo—. Dios sabe que no puede haberse ido. Está dando la vuelta. Tal vez haya mordido antes otro anzuelo y tenga un mal recuerdo.

Luego notó el leve tirón en el sedal y se alegró.

—Solo estaba dando una vuelta —dijo—. Morderá el anzuelo.

Le alegró sentir el suave tirón cuando de pronto notó algo muy fuerte e increíblemente pesado. Era el peso del pez y el viejo largó el primero de los dos rollos de reserva de sedal, abajo, abajo, abajo. Mientras el sedal se deslizaba suavemente entre sus dedos, siguió notando el enorme peso del pez, aunque la presión del pulgar y su dedo eran casi imperceptibles.

—¡Menudo pez! —dijo—. Se está alejando con el cebo atravesado de lado en la boca.

Luego dará la vuelta y se lo tragará, pensó. Aunque no lo dijo en voz alta porque sabía que, cuando se dice una cosa buena, puede no suceder. Sabía lo enorme que debía de ser aquel pez y lo imaginó alejándose en la oscuridad con el atún atravesado en la boca. En ese momento, notó que dejaba de moverse aunque el peso seguía allí. Después el peso aumentó y el viejo largó más sedal. Apretó el sedal un instante entre los dedos y el peso aumentó y se fue hacia el fondo.

—Se lo ha tragado —dijo—. Le dejaré que se lo coma tranquilo.

Permitió que el sedal se deslizara entre sus dedos mientras con la mano izquierda empalmaba los extremos de los dos rollos de reserva a la gaza de los dos cabos de reserva del sedal de al lado. Ahora estaba dispuesto. Tenía trescientas cuarenta brazas de sedal de reserva, aparte del rollo que estaba utilizando.

—Come un poco más —dijo—. Trágatelo todo.

Trágatelo hasta que la punta del anzuelo se te clave en el corazón y te mate, pensó. Sal a flote y deja que te remate con el arpón. Muy bien. ¿Estás listo? ¿Llevas suficiente rato sentado a la mesa?

—¡Ahora! —gritó mientras daba un fuerte tirón con ambas manos, luego recuperó un metro de sedal y dio varios tirones más, cambiando de brazo con fuerza y balanceando todo el peso de su cuerpo.

No ocurrió nada. El pez siguió alejándose despacio y el viejo no pudo acercarlo ni un centímetro. El sedal era resistente y estaba hecho para peces grandes, se lo pasó por detrás de la espalda hasta que estuvo tan tenso que las gotas de agua saltaban como cuentas de vidrio. Luego, empezó a hacer un sordo siseo en el agua y el viejo continuó sujetándolo, afianzándose en la bancada e inclinándose hacia atrás. El bote empezó a moverse lentamente hacia el noroeste.

El pez siguió nadando y se desplazaron lentamente sobre el mar en calma. Los otros cebos seguían en el agua, pero el viejo no podía hacer nada.

—Ojalá estuviese aquí el chico —dijo el viejo—. Me está remolcando un pez y soy la bita de remolque. Podría tensar el sedal. Pero el pez podría romperlo. Debo sujetarlo todo lo posible y darle sedal cuando haga falta. Gracias a Dios está avanzando y no sumergiéndose.

»No sé lo que haré si decide sumergirse. Ni tampoco si se va al fondo y se muere. Pero algo haré. Puedo hacer muchas cosas.

Sostuvo el sedal contra la espalda y observó su sesgo en el agua mientras el esquife seguía avanzando hacia el noroeste.

Esto lo matará, pensó el viejo. No puede seguir así eternamente. Pero, cuatro horas después, el pez seguía nadando mar adentro, arrastrando el esquife, y el viejo seguía firmemente afianzado con el sedal detrás de la espalda.

—Ha picado el anzuelo a mediodía —dijo—. Y aún no lo he visto.

Se había calado con fuerza el sombrero de paja antes de enganchar el pez y ahora el sombrero le estaba cortando la frente. También tenía sed, por lo que se arrodilló y, con cuidado de no dar tirones en el sedal, se acercó todo lo que pudo a proa y cogió la botella con una mano. La abrió y bebió un poco. Luego se apoyó en la proa. Se sentó a descansar encima del mástil y la vela, que había quitado de la carlinga, y se esforzó en no pensar y en limitarse a aguantar.

Luego miró hacia popa y vio que ya no se divisaba tierra. No importa, pensó. Siempre podré orientarme por el resplandor de La Habana para volver. Aún faltan dos horas para que se ponga el sol y tal vez salga antes a la superficie. De lo contrario, quizá lo haga con la luna. Y, si no, al amanecer. No tengo calambres y me siento con fuerzas. Es él quien tiene el anzuelo en la boca. Pero tiene que ser un pez impresionante para tirar de esta manera. Debe de tener la boca cerrada sobre el alambre. Ojalá pudiera verlo. Ojalá pudiera verlo una sola vez para saber a lo que me enfrento.

El pez no cambió de curso ni de dirección en toda la noche, al menos por lo que pudo ver el viejo guiándose por las estrellas. Después de ponerse el sol, refrescó, y el sudor se le secó frío en la espalda, los brazos y las viejas piernas. Cuando todavía era de día había cogido el saco que cubría la caja del cebo y lo había puesto a secar. Al ponerse el sol se lo ató alrededor del cuello de forma que le cayera sobre la espalda y lo pasó cuidadosamente por debajo del sedal que ahora tenía por encima de los hombros. El saco reducía el roce con el sedal y el viejo encontró un modo de inclinarse contra la proa que casi le resultaba cómodo. En realidad la postura era prácticamente insoportable, pero a él le parecía casi cómoda.

No puedo hacer nada con él y él tampoco puede hacer nada conmigo, pensó. No mientras sigamos así.

Una vez se incorporó a orinar por encima de la borda del esquife y contempló las estrellas para comprobar el rumbo. El sedal era como una raya fosforescente que partiera directa desde sus hombros. Ahora estaban moviéndose más despacio y el resplandor de La Habana no era tan fuerte, por lo que supo que la corriente debía de estar arrastrándolos hacia el este. Si pierdo el resplandor de La Habana es que debemos de estar yendo hacia el este, pensó. Pues, si el pez siguiera siempre el mismo rumbo, debería seguir viéndolo muchas más horas. Quisiera saber cómo ha ido hoy el béisbol en las Grandes Ligas, pensó. Sería estupendo poder oírlo por la radio. Luego se dijo: No te despistes. Piensa en lo que estás haciendo. No hagas tonterías.

Después añadió en voz alta:

—Ojalá estuviese aquí el chico. Para ayudarme y para ver esto.

Nadie debería estar solo de viejo, pensó. Pero es inevitable. Tengo que acordarme de comerme el atún antes de que se estropee para seguir fuerte. Recuerda que, aunque no te apetezca, tienes que comértelo por la mañana. No lo olvides, se dijo.

Por la noche, se aproximaron dos marsopas al bote. Las oyó nadar y resoplar. Notó la diferencia entre los resoplidos del macho y el suspiro de la hembra.

—Son buenas —dijo—. Juegan, bromean y se aman. Son nuestras hermanas como los peces voladores.

Luego empezó a compadecer al gran pez al que había enganchado. Es extraño y maravilloso y Dios sabe qué edad tendrá, pensó. Nunca he pescado ningún pez tan fuerte o que actuara de forma tan extraña. Quizá sea demasiado astuto para saltar. Si saltara o diese un tirón fuerte podría acabar conmigo. Pero es posible que haya mordido un anzuelo otras veces y sepa que es así como debe pelear. No puede saber que se enfrenta a un solo hombre, ni que soy un viejo. Qué pez tan grande y qué bien se pagará en el mercado si su carne es buena. Mordió la carnada como si fuese un macho y tira como un macho y no huye con pánico. Quisiera saber si tiene algún plan o si está tan desesperado como yo.

Recordó la ocasión en que había pescado la hembra de una pareja de marlines. El macho deja siempre que la hembra se alimente primero y el pez que había enganchado, la hembra, ofreció una batalla violenta, desesperada y aterrorizada que no tardó en dejarla exhausta. El macho se había quedado con ella todo el tiempo, pasando por encima del sedal y dando vueltas en torno a ella en la superficie. Se había acercado tanto que el viejo temió que pudiera cortar el sedal con la cola, que era afilada como una guadaña y casi de la misma forma y tamaño. Cuando el viejo la enganchó con el bichero, la golpeó sujetando el áspero pico en forma de estoque, le aporreó la cabeza hasta que se volvió casi del color del azogue, y luego, con la ayuda del chico, la izó a bordo, el macho se había quedado al costado del bote. Luego, mientras el viejo recogía los sedales y preparaba el arpón, el macho saltó por el aire al lado del bote para ver dónde estaba la hembra y luego se zambulló con las aletas pectorales extendidas como alas cubiertas de franjas de color lavanda. Era muy bello, recordó el viejo, y se había quedado.

Fue lo más triste que he visto, pensó el viejo. El muchacho también se entristeció, así que pedimos perdón a la hembra y la despachamos con rapidez.

—Ojalá estuviese aquí el chico —dijo en voz alta y se recostó sobre las cuadernas redondeadas de la proa y sintió en el sedal que tenía sujeto por detrás de los hombros la fuerza del gran pez, que seguía avanzando hacia dondequiera que se dirigiese.

Se ha visto obligado a tomar una decisión por culpa de mi engaño, pensó el viejo.

Su decisión ha sido quedarse en aguas profundas y oscuras lejos de trucos, trampas y engaños. La mía fue ir a buscarlo lejos de todo. Lejos de todo el mundo. Ahora estamos juntos y llevamos así desde mediodía. Y nadie va a ayudarnos a ninguno de los dos.

Tal vez no debería haberme hecho pescador, pensó. Pero para eso nací. Tengo que acordarme de comerme el atún en cuanto sea de día.

Poco antes del amanecer algo mordió uno de los cebos que había detrás. Oyó romperse la vara y el sedal correr por encima de la regala del esquife. En la oscuridad, sacó el cuchillo de monte y cargando toda la fuerza del pez sobre el hombro izquierdo, se inclinó hacia atrás y cortó el sedal contra la madera de la regala. Luego cortó el otro sedal que tenía al lado y en la oscuridad empalmó los extremos de los rollos de reserva. Lo hizo con habilidad con una sola mano y puso el pie sobre los rollos para sujetarlos mientras ataba los nudos. Ahora disponía de seis rollos de sedal de reserva. Dos de cada cebo que había cortado y los dos del que se había tragado el pez, y todos estaban unidos.

En cuanto amanezca, pensó, halaré el cebo de las cuarenta brazas, lo cortaré y lo ataré a los rollos de reserva. Habré perdido doscientas brazas de buen cordel catalán, los anzuelos y los alambres. Eso puede reemplazarse. Pero ¿quién reemplazará a este pez, si engancho otro y se corta el sedal? Dios sabe qué habrá picado ahora. Puede que fuese un marlín, un pez espada o un tiburón. No he tenido tiempo de tantear el sedal. He tenido que librarme de él demasiado deprisa.

—Ojalá estuviese aquí el chico —exclamó.

Pero no está, pensó. Solo estás tú y más te vale halar el último sedal, aunque sea a oscuras, cortarlo y empalmar los dos rollos de reserva.

Así lo hizo. Era difícil atarlos en la oscuridad y una vez el pez dio un tirón que le hizo caer de bruces y le produjo un corte debajo del ojo. La sangre le corrió por la mejilla. Pero se coaguló antes de llegar a la barbilla y el viejo volvió a proa y se apoyó en sus cuadernas. Se ajustó el saco y pasó con cuidado el sedal por una parte distinta de sus hombros, tanteó con cuidado la fuerza con la que tiraba el pez y luego metió la mano en el agua para calcular la velocidad a la que navegaba el esquife.

Quisiera saber por qué habrá dado ese tirón, pensó. El sedal debe de haberle resbalado sobre la curva del lomo. Seguro que no le duele tanto la espalda como a mí. Pero, por muy grande que sea, no puede seguir remolcando el esquife eternamente. Ya he quitado de en medio todo lo que podía estorbar y tengo una gran reserva de sedal: no se puede pedir más.

—Pez —dijo en voz alta—. Seguiré contigo hasta la muerte.

Supongo que él también lo hará, pensó el viejo y esperó a que se hiciera de día. Hacía frío ahora que estaba a punto de amanecer, y se acurrucó contra la madera del bote para calentarse. Puedo resistir tanto como él, pensó. Al despuntar el día, vio el sedal que se alejaba y se hundía en el agua. El bote seguía moviéndose y el primer rayo de sol cayó sobre el hombro derecho del viejo.

—Se dirige hacia el norte —dijo el viejo.

La corriente debe de habernos desviado mucho hacia el este, pensó. Ojalá nadase a favor de la corriente. Eso indicaría que está empezando a cansarse.

Cuando el sol se alzó un poco más, el viejo comprendió que el pez no había empezado a cansarse. Solo había un indicio favorable: la inclinación del sedal mostraba que nadaba a menos profundidad. Eso no significaba necesariamente que fuese a saltar. Pero era posible.

—Dios quiera que salte —dijo el viejo—. Tengo sedal de sobra para manejarlo.

Puede que, si aumento un poco la tensión, le haga daño y salte, pensó. Ahora que es de día es mejor que salte, que se llenen de aire las vejigas que tiene a lo largo del espinazo y no pueda sumergirse para morir.

Trató de aumentar la tensión, pero el sedal estaba tan tenso desde que había enganchado el pez que corría el peligro de romperse y, al echarse hacia atrás para tirar de él, comprendió que no podía tensarlo más. No debo dar ningún tirón, pensó. Cada tirón aumenta el corte que le ha hecho el anzuelo y podría desprenderse. En todo caso, me siento mejor al sol y, por una vez, no tengo que mirarlo de frente.

Había algas amarillentas en el sedal, pero el viejo sabía que eso era una carga añadida y se alegró. Eran las algas amarillas del Golfo que tanta fosforescencia habían producido por la noche.

—Pez —dijo—, te quiero y te respeto mucho. Pero te mataré antes de acabar el día.

Esperémoslo, pensó.

Un pajarillo voló hacia el esquife desde el

norte. Era una curruca que volaba casi a ras del agua. El viejo notó que estaba muy cansada.

El pájaro llegó a la popa del barco y se posó en ella. Luego revoloteó en torno a la cabeza del viejo y se posó en el sedal, donde estaba más cómodo.

—¿Qué edad tienes? —le preguntó el viejo al pájaro—. ¿Es tu primer viaje?

El pájaro lo miró mientras hablaba. Estaba demasiado cansado para fijarse en el sedal y se tambaleó con las delicadas patitas aferradas a él.

—Está firme —le dijo el viejo—. Demasiado firme. No deberías estar tan cansado después de una noche sin viento. ¿Qué les espera a los pájaros?

Los halcones, pensó, que salen al mar a su encuentro. Pero no se lo dijo al pájaro, que de todas maneras no podía entenderle y tendría tiempo de sobra de conocer a los halcones.

—Descansa, pajarito —dijo—. Luego ve y prueba suerte como cualquier hombre, pájaro o pez.

Le animaba hablar porque se le había anquilosado la espalda por la noche y ahora le dolía mucho.

—Quédate en mi casa si quieres, pajarito —dijo—. Siento no poder izar la vela y llevarte con la brisa que se ha levantado. Pero tengo que atender a un amigo.

Justo en ese momento, el pez dio un repentino tirón que dio con el viejo en la proa y lo habría echado por la borda si no se hubiese sujetado y soltado un poco de sedal.

El pájaro había levantado el vuelo cuando el sedal se tensó y el viejo ni siquiera lo vio marcharse. Tanteó con cuidado el hilo con la mano derecha y vio que la mano le sangraba.

—Así que algo le ha hecho daño —dijo, y tiró del sedal para intentar que cambiara de dirección.

Sin embargo, cuando notó que estaba a punto de romperse, lo sostuvo firme y resistió la tensión.

—Ahora lo notas, pez —dijo—. Dios sabe que yo también.

Luego miró a su alrededor en busca del pájaro, pues le habría gustado tenerlo de compañero. El pájaro se había ido.

No te has quedado mucho, pensó el hombre. Pero es peor lo que te espera hasta que llegues a tierra. ¿Cómo habré dejado que me corte el pez con ese tirón tan repentino? Debo de estar volviéndome tonto. O puede que estuviese mirando al pajarito y pensando en él. Ahora me concentraré en mi trabajo y luego tengo que comerme el atún para no desfallecer.

—Ojalá estuviese aquí el chico y tuviese un poco de sal —dijo en voz alta.

Cambiando el peso del sedal al hombro izquierdo y arrodillándose con cuidado, se lavó la mano en el océano y la dejó allí, sumergida, más de un minuto, contemplando el rastro de sangre que dejaba y el continuo movimiento del agua contra su mano a medida que avanzaba el bote.

—Se mueve mucho más despacio —dijo.

Al viejo le habría gustado dejar la mano en el agua salada más tiempo, pero le daba miedo que el pez diera otro tirón y se puso en pie, se afianzó en el bote y le echó un vistazo a la mano. Era solo un roce del sedal. Pero estaba en la parte con que trabajaba. Sabía que necesitaría las manos antes de que aquello terminara y no le gustaba haberse cortado antes de empezar.

—Ahora —dijo cuando se le secó la mano—.

Tengo que comerme el atún. Lo alcanzaré con el bichero y me lo comeré tan ricamente.

Se arrodilló, encontró el atún debajo de la popa con el bichero y lo acercó sin tocar los sedales que había adujados en el fondo del bote. Volvió a sujetar el sedal con el hombro izquierdo y, apoyándose en la mano y el brazo izquierdos, desenganchó el atún y volvió a colocar el bichero en su sitio. Apoyó la rodilla en el pescado y cortó tiras de carne roja y oscura, desde la parte de atrás de la cabeza hasta la cola. Eran tiras en forma de cuña cortadas desde la espina hasta el borde del vientre. Después de cortar seis tiras las extendió sobre las cuadernas de proa, se limpió el cuchillo en los pantalones, cogió el bonito por la cola y lo echó por la borda.

—No creo que pueda comérmelo entero —dijo y clavó el cuchillo en una de las tiras.

Notaba la tensión del hilo y sintió un calambre en la mano izquierda. Sujetó el grueso sedal y la contempló con disgusto.

—¿Qué clase de mano eres? —dijo—. Puedes tener calambres si quieres. Por mí como si te conviertes en una garra. De nada te servirá.

Vamos, pensó mirando el agua oscura y la inclinación del sedal. Come y así la mano cogerá fuerzas. Ella no tiene la culpa y llevas ya muchas horas con el pez. Pero no seguirás con él eternamente. Cómete el bonito.

Cogió un trozo, se lo llevó a la boca y lo masticó despacio. No era desagradable.

Mastícalo bien, pensó, y sácale todo el jugo. No estaría mal con un poco de lima o limón y un poquito de sal.

—¿Cómo te encuentras, mano? —le preguntó a la mano agarrotada que estaba casi tan rígida como si tuviese rígor mortis—. Comeré un poco más por ti.

Se comió el otro trozo de la tira que había cortado en dos. Lo masticó con cuidado y luego escupió la piel.

—¿Qué tal estás, mano? ¿O todavía es demasiado pronto para saberlo?

Cogió otro trozo y lo masticó.

Es un pez fuerte y vigoroso, pensó. He tenido suerte de pescarlo en lugar de un dorado. El dorado es demasiado dulce. En cambio, este no lo es y conserva toda su fuerza.

Sin embargo, tengo que ser práctico. Ojalá tuviese un poco de sal. No sé si el sol secará o pudrirá lo que queda, así que será mejor que me lo coma aunque no tenga hambre. El pez parece tranquilo. Me lo comeré y estaré alerta.

—Ten paciencia, mano —dijo—. Lo hago por ti.

Ojalá pudiese dar de comer al pez, pensó. Es mi hermano. Pero debo matarlo y tengo que ahorrar fuerzas. Lenta y deliberadamente se comió todas las tiras de pescado en forma de cuña.

Se puso en pie y se limpió la mano en los pantalones.

—Ahora, mano, ya puedes soltar el sedal —dijo—, lo sostendré con el brazo derecho hasta que dejes de hacer tonterías.

Puso el pie izquierdo sobre el grueso sedal que hasta entonces había sujetado con la mano izquierda y se echó hacia atrás para descargar la tensión sobre la espalda.

—Dios quiera que se me pase el calambre —dijo—. Porque no sé qué es lo que hará el pez.

Aunque se lo ve tranquilo, pensó, casi parece que esté siguiendo un plan. ¿Qué plan será ese?, pensó. ¿Y cuál es el mío? Con ese tamaño, tendré que ir improvisando según lo que él haga. Si salta, podré matarlo. Pero si se queda bajo el agua, acabaremos los dos igual.

Se frotó la mano agarrotada contra los pantalones y trató de extender los dedos. Pero no se abrían. Puede que se abra con el sol, pensó. Tal vez lo haga cuando digiera el atún crudo. Tengo que abrirla a cualquier coste si es que quiero pescarlo. Pero no hay por qué hacerlo ahora por la fuerza. Ya se abrirá por su cuenta cuando entre en razón. Al fin y al cabo, la he forzado mucho esta noche cuando tuve que soltar y empalmar los sedales.

Contempló el mar y comprendió lo solo que estaba ahora. Sin embargo, veía los cabrilleos en el agua profunda, el sedal que se extendía por delante y la extraña ondulación de las olas. Empezaban a acumularse nubes arrastradas por los vientos alisios y, al mirar a lo lejos, esbozada en el cielo vio una bandada de patos que se desdibujaba y luego volvía a hacerse visible y supo que nadie está nunca solo en el mar.

Pensó que había hombres que temían perder

de vista la tierra cuando iban a bordo de un bote pequeño y se dijo que tenían razón en los meses en que el tiempo cambiaba de pronto. Pero ahora estaban en época de huracanes y, si no los hay, la época de huracanes es la mejor del año.

Cuando va a haber un huracán siempre se ven indicios en el cielo varios días antes en el mar. En tierra no los ven, porque no saben reconocerlos, pensó. Además, en tierra debe de ser distinto por las nubes. Pero ahora no va a haber ninguno.

Miró al cielo y contempló cómo se amontonaban los blancos cúmulos como amables pilas de helado coronadas de plumosos cirros que se recortaban contra el limpio cielo de septiembre.

—Sopla una brisa ligera —dijo—. Es un tiempo mejor para mí que para ti, pez.

Su mano izquierda seguía agarrotada, pero empezaba a abrirse muy despacio.

Odio los calambres, pensó. Es una traición que nos hace el propio cuerpo. Tener diarrea o vomitar delante de la gente por haber ingerido comida en mal estado es humillante. Pero un calambre, lo humilla a uno cuando está a solas.

Si el chico estuviese aquí para darme unas

friegas y ayudarme a soltar los músculos del antebrazo…, pensó. Pero ya se soltarán.

Luego, con la mano derecha, comprobó la diferencia en la tensión del sedal antes de reparar en el leve cambio que acababa de producirse en el agua. Después, al ir a apoyarse en el sedal para frotarse la mano izquierda contra el muslo, vio que su inclinación empezaba a disminuir lentamente.

—Está subiendo —dijo—. Vamos, mano. Por favor, no me falles.

El sedal se alzó despacio y luego la superficie del océano se curvó delante del bote y el pez emergió. Tardó mucho en salir y el agua le chorreó por los costados. Brillaba mucho al sol y tenía la cabeza y el lomo de color púrpura, mientras que las franjas de los costados eran de color lavanda claro. Su espada era tan larga como un bate de béisbol y tan afilada como un estoque. El pez salió totalmente del agua y luego volvió a zambullirse limpiamente, como un buzo, el viejo vio sumergirse la gran cola en forma de guadaña y empezó a largar sedal.

—¡Mide medio metro más que el esquife! —exclamó.

El sedal corría rápido pero uniformemente y el pez no parecía asustado. El viejo trató de sujetar el sedal con ambas manos con fuerza, pero sin que se rompiera. Sabía que, si no lograba ejercer una tensión continua para obligarle a disminuir su velocidad, el pez podía llevarse todo el sedal y romperlo.

Es un pez muy grande y tendré que convencerle, pensó. No debo permitir que sea consciente de su fuerza ni de lo que podría hacer si le da por huir. Si fuese él, nadaría con todas mis fuerzas hasta que algo se rompiera. Pero, gracias a Dios, los peces no son tan inteligentes como quienes los matamos, aunque sean más nobles y más hábiles.

El viejo había visto muchos peces grandes. Había visto algunos que pesaban más de cuatrocientos kilos y había pescado dos, pero nunca estando solo. Ahora, solo y lejos de tierra, estaba atado al pez más grande que había visto en su vida y cuyo tamaño era mayor de lo que había oído contar jamás, y su mano seguía tan rígida como las garras cerradas de un águila.

Se me pasará, pensó. Seguro que se me pasará el calambre para que pueda ayudar a la mano derecha. Las tres cosas son hermanas: el pez y mis dos manos. Tiene que pasárseme. Lo contrario sería indigno de ella. El pez había vuelto a aminorar su velocidad y volvía a nadar a la velocidad de siempre.

Me gustaría saber por qué ha saltado, pensó el viejo. Ha sido como si lo hiciera para demostrarme lo grande que es. En todo caso, ya sé a qué atenerme, pensó. Ojalá pudiera mostrarle qué clase de hombre soy. Pero entonces vería la mano agarrotada. Es mejor que crea que soy más hombre de lo que soy. Ojalá fuese yo el pez, pensó, y dispusiera de todo lo que él tiene para enfrentarse a mi voluntad y mi inteligencia.

Se recostó cómodamente contra las cuadernas del bote y aceptó su sufrimiento sin protestar; el pez nadaba de forma constante y el bote se movía lentamente sobre las aguas oscuras. El mar empezó a encresparse un poco con el viento que llegaba del este y, a mediodía, al viejo se le pasó el calambre de la mano.

—Malas noticias para ti, pez —dijo y cambió de sitio el sedal por encima del saco que cubría sus hombros.

Estaba cómodo, aunque sufriera, y no quería admitir su sufrimiento.

—No soy religioso —dijo—. Pero rezaré diez padrenuestros y diez avemarías por capturar a este pez, y si lo pesco prometo ir en peregrinación a la Virgen del Cobre. Está prometido.

Empezó a pronunciar maquinalmente sus oraciones. Estaba tan cansado que a veces no las recordaba y las decía a toda prisa de manera que le salieran sin pensar. Las avemarías son más fáciles de rezar que los padrenuestros, concluyó.

—Dios te salve María, llena eres de gracia, el Señor es contigo. Bendita tú eres entre todas las mujeres y bendito es el fruto de tu vientre, Jesús. Santa María, Madre de Dios, ruega por nosotros pecadores, ahora y en la hora de nuestra muerte, amén. —Luego añadió—: Bendita Virgen, ruega por la muerte de este pez. Por muy maravilloso que sea.

Una vez pronunciadas sus oraciones, se sintió mucho mejor, aunque seguía sufriendo exactamente lo mismo y tal vez aún más; se recostó contra la proa y empezó a ejercitar los dedos de la mano izquierda.

El sol calentaba mucho ahora que se levantaba la brisa.

—Más vale que vuelva a cebar el sedal de popa —dijo—. Si el pez decide seguir otra noche así, necesitaré comer otra vez y no me queda mucha agua en la botella. No creo que consiga pescar más que algún dorado. Pero, si me lo como cuando aún esté fresco, no estará tan malo. Ojalá cayera un pez volador en el bote esta noche. Pero no tengo luz para atraerlos. Los peces voladores están muy buenos crudos y no tendría que cortarlo. Ahora tengo que ahorrar fuerzas. Dios mío, no sabía que fuese tan grande.

»Aun así lo mataré —dijo—. Pese a toda su gloria y su grandeza.

Aunque sea injusto, pensó. Le demostraré lo que es capaz de hacer y soportar un hombre.

—Le dije al chico que soy un viejo muy raro —dijo—. Ahora es cuando debo probarlo.

Las mil ocasiones en que lo había probado antes no significaban nada. Ahora iba a demostrarlo una vez más. Cada ocasión era diferente y nunca pensaba en el pasado cuando lo hacía.

Ojalá se hubiera dormido y yo también pudiese dormir y soñar con los leones, pensó. ¿Por qué serán los leones lo único que recuerdo? No pienses, viejo, se dijo. Descansa apoyado en la proa y no pienses en nada. Trabaja lo menos que puedas.

Fue pasando la tarde y el bote siguió avanzando lento pero seguro. Sin embargo, ahora lo empujaba también la brisa del este y el viejo navegaba cómodamente sobre las olas y el dolor del sedal en su espalda se volvió más suave y soportable.

Una vez, por la tarde, el sedal volvió a alzarse. Pero el pez siguió nadando, aunque a una profundidad un poco inferior. El sol le daba al viejo en la espalda y en el brazo y el hombro izquierdos, de lo que dedujo que el pez se había desviado hacia el nordeste.

Ahora que lo había visto, podía imaginárselo nadando con las purpúreas aletas pectorales extendidas como si fuesen alas y la enorme cola erecta hendiendo la oscuridad. Me pregunto cómo verá a esa profundidad, pensó el viejo. Sus ojos son enormes y un caballo, que tiene los ojos más pequeños, puede ver en la oscuridad. Antes yo también veía bien en la oscuridad. No totalmente a oscuras. Pero casi igual que un gato.

El sol y el continuo movimiento de los dedos habían hecho que se le pasara totalmente el calambre de la mano izquierda, por lo que empezó a pasar la fuerza a ese lado y encogió los músculos para aliviar un poco el roce del sedal.

—Si no te has cansado, pez —dijo en voz alta—, debes de ser muy raro.

Él sí se notaba muy cansado y sabía que pronto sería de noche y trató de pensar en otras cosas. Pensó en las Grandes Ligas, sabía que los Yankees de Nueva York se enfrentaban a los Tigers de Detroit.

Llevo dos días sin saber el resultado de los partidos, pensó. Pero debo tener confianza y ser digno del gran DiMaggio, que siempre lo hace todo bien, incluso con el espolón del pie. ¿Qué es un espolón? *Una espuela de hueso.* Nosotros no tenemos esas cosas. Será tan doloroso como tener el espolón de un gallo de pelea en el talón. No creo que pudiera soportar eso, perder uno o ambos ojos y seguir peleando como hacen los gallos de pelea. El hombre no es nada comparado con los pájaros y otros animales. Aun así preferiría ser ese animal de ahí abajo en la oscuridad del océano.

—A menos que vengan tiburones —dijo en voz alta—. Si les da por venir, ¡que Dios se apiade de él y de mí!

¿Dedicaría el gran DiMaggio tanto tiempo a pescar un pez como voy a estar yo con este?, se preguntó. Seguro que sí, y aún más porque él es joven y fuerte. Además, su padre era pescador. Aunque, ¿le dolería mucho el espolón?

—No lo sé —dijo en voz alta—. Nunca he tenido un espolón.

Cuando empezó a ponerse el sol, recordó para infundirse ánimos la ocasión en aquella taberna de Casablanca en que había echado un pulso con un negro gigantesco de Cienfuegos que era el hombre más fuerte del puerto. Estuvieron un día y una noche con los codos apoyados sobre la línea de tiza pintada en la mesa y las manos apretadas. Ambos trataban de obligar al otro a torcer la mano hasta la mesa. Hubo muchas apuestas y la gente entraba y salía de la habitación iluminada con lámparas de queroseno mientras él miraba el brazo, la mano y el rostro del negro. Pasadas las primeras ocho horas cambiaron de jueces cada cuatro horas para que los anteriores pudieran dormir. Tanto a él como al negro les sangraban las uñas y ambos se miraban a la cara, las manos y los brazos; los apostadores entraban y salían y se sentaban a observarlos desde unos taburetes muy altos que había apoyados contra la pared. Las paredes eran de madera y estaban pintadas de color azul intenso; las lámparas arrojaban sus sombras contra ellas. La sombra del negro era enorme y se movía contra la pared cuando la brisa balanceaba las lámparas.

Las apuestas estuvieron cambiando toda la noche y al negro le daban ron y le encendían cigarrillos. El negro, después del ron, hizo un tremendo esfuerzo y llegó a tener al viejo, que en aquel entonces no era viejo sino Santiago El Campeón, desequilibrado casi siete centímetros. Pero luego había vuelto a recuperarse. En ese momento, supo que vencería al negro, que era muy fuerte y un gran atleta. Y, por la mañana, cuando los apostadores estaban pidiendo que lo dejaran en empate y el juez empezaba a mover la cabeza de un lado al otro, hizo un último esfuerzo y empujó más y más la mano del negro hasta ponerla sobre la mesa. La competición había empezado un domingo por la mañana y terminado un lunes por la mañana. Muchos de los apostadores habían pedido un empate porque tenían que ir a trabajar en los muelles cargando sacos de azúcar o en la Havana Coal Company. De lo contrario, todos habrían querido verlos terminar. Pero, en todo caso, terminaron antes de que nadie tuviese que ir a trabajar.

Después de aquello, todos le habían llamado El Campeón y había habido una revancha en primavera. Pero las apuestas no habían subido mucho y él había ganado fácilmente pues había minado la confianza en sí mismo del negro de Cienfuegos en la primera competición. Luego había competido unas veces más y luego nada. Concluyó que podía derrotar a cualquiera si se empeñaba y decidió que no era bueno para pescar con la mano derecha. Probó unas cuantas veces más con la mano izquierda. Pero su mano izquierda siempre había sido traidora y no hacía lo que le pedía que hiciera, por lo que no se fiaba de ella.

Ahora el sol la calentará bien, pensó. No volveré a tener calambres a menos que haga mucho frío esta noche. Quisiera saber qué me deparará esta noche.

Sobre su cabeza pasó un aeroplano camino de Miami y él vio cómo su sombra asustaba a los bancos de peces voladores.

—Con tantos peces voladores debería haber dorados —dijo, y se echó hacia atrás para comprobar si podía recuperar un poco de sedal.

Pero no pudo y, al notar la dureza y las salpicaduras que preceden a la rotura del sedal, prefirió no tirar más de la cuenta. El bote avanzaba lentamente y él estuvo observando el aeroplano hasta que lo perdió de vista.

Debe de ser raro viajar en aeroplano, pensó. Quién sabe cómo se verá el mar desde tan alto. Si no volaran tan alto deberían ver los peces bastante bien. Me gustaría volar muy despacio a doscientas brazas de altura y ver los peces desde arriba. En los barcos tortugueros subía a las vergas del palo mayor e incluso desde allí veía muchas cosas. Los dorados parecen más verdes y se ven las franjas y las motas purpúreas y a todo el banco mientras nada. ¿Por qué será que todos los peces veloces de aguas profundas tienen el lomo de color púrpura y por lo general franjas o motas purpúreas? El dorado parece verde, claro, pero en realidad es dorado. Aunque cuando va a alimentarse, cuando está verdaderamente hambriento, le salen unas franjas purpúreas en los costados, como al marlín. ¿Serán de rabia o tendrá algo que ver con la velocidad?

Justo antes de oscurecer, mientras pasaban junto a una enorme isla de sargazos que flotaban y se balanceaban como si el océano estuviese haciendo el amor debajo de una manta amarilla, mordió el anzuelo un dorado en el sedal pequeño. Lo vio cuando saltó por el aire, parecía de oro auténtico bajo los últimos rayos de sol, y se debatía y daba violentos coletazos. Volvió a saltar una y otra vez haciendo aterrorizadas acrobacias mientras el viejo volvía como mejor podía a la popa, y, sosteniendo el otro sedal con la mano y el brazo derechos, iba halándolo hacia el esquife, tirando de él con la mano izquierda y pisando el sedal que iba cobrando con el pie izquierdo. En cuanto el pez estuvo cerca, saltando y debatiéndose desesperado de lado a lado, el viejo se inclinó sobre la borda y levantó al bruñido pez dorado con sus manchas purpúreas por encima de la popa. Sus mandíbulas se cerraban compulsivamente sobre el anzuelo y golpeaba el fondo del esquife con el cuerpo plano y alargado, y con la cola y la cabeza hasta que el viejo le golpeó la reluciente cabeza dorada y se estremeció y se quedó inmóvil.

El viejo le quitó el anzuelo, volvió a cebar el sedal con otra sardina y lo lanzó por la borda. Luego volvió lentamente a proa. Se lavó la mano izquierda y se la limpió en los pantalones. Luego cambió el peso de la mano derecha a la izquierda mientras observaba el sol hundirse en el océano y comprobaba la inclinación del sedal.

—No ha cambiado su curso lo más mínimo —dijo.

Pero al observar el movimiento del agua con respecto a la mano notó que iba notablemente más despacio.

—Amarraré los dos remos a popa y eso le obligará a nadar más despacio de noche —dijo—. Resistirá otra noche y yo también.

Sería mejor limpiar después el dorado para que la sangre se quede en la carne, pensó. Puedo hacerlo más tarde y de paso amarrar los remos para fabricar un ancla flotante. Lo mejor es no molestar ahora al pez. El atardecer es un momento difícil para los peces.

Dejó que se le secara la mano en el aire y luego cogió con ella el sedal, descansó todo lo que pudo y se dejó arrastrar hasta la proa de modo que el bote hiciese tanta o más fuerza que él.

Estoy aprendiendo a hacerlo, pensó. Al menos esta parte. Además, no ha comido nada desde que mordió el anzuelo y es enorme y necesita mucha comida. Yo me he comido todo el bonito. Mañana me comeré el dorado. Tal vez debería comer un poco cuando lo limpie. Me costará más que comerme el bonito. Pero en este mundo no hay nada fácil.

—¿Qué tal estás, pez? —preguntó en voz alta—. Yo me siento bien, mi mano izquierda está mejor y tengo comida para un día y una noche. Tira del bote, pez.

En realidad no se sentía tan bien, porque el dolor del sedal en la espalda casi se le había pasado y se había convertido en una especie de entumecimiento que no acababa de gustarle. Pero he pasado por cosas peores, pensó. Solo tengo una mano un poco cortada y se me ha pasado el calambre de la otra. Mis piernas están bien y le llevo ventaja en lo del sustento.

Era casi de noche, pues en septiembre oscurece nada más ponerse el sol. Se apoyó en la proa y descansó cuanto pudo. Habían salido las primeras estrellas. No conocía el nombre de Rigel, pero la vio y supo que pronto aparecerían las demás y que disfrutaría de la compañía de todas sus distantes amigas.

—El pez también es mi amigo —dijo en voz alta—. Nunca he visto ni oído hablar de un pez así. Pero tengo que matarlo. Me alegro de que no tengamos que intentar matar a las estrellas.

Imagínate que cada día tuviéramos que tratar de matar a la luna, pensó. La luna se escapa. O imagina que tuviésemos que tratar de matar al sol. Hemos nacido con suerte, pensó.

Luego sintió lástima por el gran pez, que no tenía comida, pero su determinación de matarlo no cedió un ápice a pesar de la pena. ¿A cuánta gente dará de comer?, pensó. ¿Serán dignos de comérselo? No, claro que no. Viendo cómo se comporta y su gran dignidad, no hay nadie digno de hacerlo.

No entiendo de estas cosas, pensó. Pero es bueno que no tengamos que tratar de matar al sol o la luna o las estrellas. Basta con vivir en el mar y matar a nuestros auténticos hermanos.

Ahora, se dijo, debería pensar en lo del ancla flotante. Tiene sus riesgos y sus ventajas. Podría largar tanto sedal que acabara perdiendo el pez si hace un esfuerzo y el ancla fabricada con los remos está puesta y el bote pierde toda su ligereza. Esa ligereza prolonga tanto su sufrimiento como el mío, pero también me da seguridad porque el pez todavía tiene mucha velocidad que no ha utilizado aún. Pase lo que pase, tengo que limpiar el dorado, no sea que se pudra, y comer un poco para cobrar fuerzas.

Ahora descansaré una hora más y me aseguraré de que el sedal está firme antes de volver a la popa a trabajar y acabar de decidirme. Entretanto, veré cómo actúa y si hay algún cambio. Lo de los remos es un buen truco, pero a partir de ahora más me vale ir con cuidado. Todavía está muy entero y he visto que el anzuelo está en la comisura de la boca y que la tiene cerrada. El daño que pueda hacerle el anzuelo no es nada. El hambre, y que le esté ocurriendo algo que no alcanza a comprender, lo es todo. Descansa, viejo, y deja que se canse hasta que vuelva a ser tu turno de actuar.

Descansó durante lo que le parecieron dos horas. La luna no saldría hasta más tarde y no tenía forma de calcular el tiempo. Tampoco descansó realmente excepto por comparación. Siguió echándose el peso del pez sobre los hombros, pero apoyó la mano izquierda en la regala de proa y descansó cada vez más la resistencia del pez en el propio esquife.

Qué fácil sería si pudiese dar un tirón al sedal, pensó. Pero la más leve sacudida podría romperlo. Tengo que amortiguar el peso con mi cuerpo y estar preparado en todo momento para largar sedal.

—Pero aún no has pegado ojo, viejo —dijo en voz alta—. Has pasado medio día y una noche, y ahora un día más sin haber dormido. Tienes que encontrar el modo de dormir un poco si el pez sigue tirando firme y tranquilo. Si no duermes, podrías ofuscarte.

Tengo la cabeza clara, pensó. Demasiado. Tan clara como esas estrellas que son mis hermanas. Pero aun así tengo que dormir. Ellas duermen, igual que la luna y el sol, e incluso el océano duerme algunos días en los que no hay corriente y está en calma.

Acuérdate de dormir, pensó. Asegúrate de hacerlo y piensa algún modo fiable y sencillo de controlar los sedales. Ahora ve a popa y prepara el dorado. Es demasiado peligroso aparejar los remos como ancla flotante si vas a dormir.

También podría pasarme sin dormir, se dijo. Pero sería demasiado peligroso.

Empezó a gatear hacia la popa, con cuidado de no dar tirones. Puede que él también esté adormilado, pensó. Pero no quiero que descanse. Debe seguir tirando hasta morir.

Una vez en popa, se volvió de modo que la mano izquierda soportara la tensión del sedal que tenía por detrás de los hombros y sacó el cuchillo de la funda con la mano derecha. Ahora brillaban las estrellas y vio el dorado con claridad, así que le clavó el cuchillo en la cabeza para sacarlo de debajo de la popa. Le puso un pie encima y lo rajó desde la cloaca hasta la mandíbula inferior. Luego clavó el cuchillo y lo destripó con la mano derecha, limpiándolo del todo y arrancándole las agallas. Sopesó el pesado y resbaladizo estómago y lo abrió en canal. Dentro había dos peces voladores. Estaban duros y frescos y los dejó uno al lado del otro y lanzó las tripas y las agallas por encima de la popa. Se hundieron dejando un rastro de fosforescencia en el agua. El dorado estaba frío y había adquirido un enfermizo tono blanco grisáceo a la luz de las estrellas; el viejo le quitó la piel de un lado mientras apoyaba el pie derecho sobre la cabeza del pescado. Luego le dio la vuelta, quitó la piel del otro lado y cortó los dos lomos de la cola a la cabeza.

Lanzó la espina por la borda y observó por si había algún remolino en el agua. Pero solo vio el resplandor de su lento descenso. Se volvió, metió los dos peces voladores dentro de los filetes de pescado y, tras devolver el cuchillo a la funda, volvió como pudo a proa. Tenía la espalda encorvada bajo el peso del sedal y llevaba el pescado en la mano derecha.

De regreso en la proa, dejó los dos filetes de pescado sobre las cuadernas del bote junto a los dos peces voladores. Después, cambió de sitio el sedal que tenía por detrás de los hombros y volvió a sujetarlo con la mano izquierda apoyada en la regala. Luego se inclinó sobre la borda y lavó los peces voladores en el agua, notando la velocidad del líquido en la mano. Tenía la mano fosforescente de quitarle la piel al pescado y observó cómo fluía el agua sobre ella. El flujo era menos fuerte y al frotar la mano contra las cuadernas del esquife, unas partículas fosforescentes salieron flotando y se alejaron lentamente por popa.

—Empieza a cansarse o está descansando —dijo el viejo—. Será mejor que me coma el dorado y trate de descansar y de dormir un poco.

Bajo las estrellas, en una noche cada vez más fresca, se comió uno de los filetes de dorado y uno de los peces voladores, limpio y sin cabeza.

—Qué delicioso es el dorado asado —dijo—. Y qué repugnante cuando está crudo. No volveré a subir a un bote sin llevar sal o unas cuantas limas.

Si hubiese sido más listo, habría salpicado agua en la proa todo el día y al secarse habría tenido sal, pensó. Pero no capturé al dorado hasta la puesta de sol. Aun así, ha sido una falta de previsión. Pero lo he masticado y no me ha dado náuseas.

El cielo estaba nublándose por el este y las estrellas que conocía habían desaparecido una tras otra. Tenía la impresión de estar avanzando por un gran cañón de nubes y el viento había cesado.

—Dentro de tres o cuatro días empeorará el tiempo —dijo—. Pero no esta noche ni mañana. Procura dormir un poco, viejo, aprovecha ahora que el pez está tranquilo y nada de forma constante.

Sostuvo con fuerza el sedal en la mano derecha y luego apretó el muslo derecho contra la mano mientras apoyaba todo su peso contra la proa. Después se puso el sedal un poco más bajo en los hombros y lo sujetó con la mano izquierda.

La mano derecha lo sostendrá mientras esté apretada, pensó. Si se afloja al dormir, la mano izquierda me despertará en cuanto corra el sedal. Está muy tenso. Pero el pez está acostumbrado al dolor. Aunque duerma solo veinte minutos o media hora me sentará bien. Se inclinó hacia delante oponiéndose con todo su cuerpo a la tensión del sedal, y descargando todo el peso en la mano derecha, y se quedó dormido.

No soñó con los leones sino con una enorme manada de marsopas que se extendía ocho o diez millas y estaban en época de celo y saltaban por el aire y volvían a zambullirse en el mismo hueco que habían hecho en el agua al saltar.

Luego soñó que estaba en el pueblo, en su cama, y soplaba viento del norte y tenía mucho frío, y también que se le había dormido el brazo porque había apoyado la cabeza en él en lugar de la almohada.

Después, empezó a soñar con la larga playa amarilla y vio al primer león descender a la playa poco antes de ponerse el sol, luego llegaron los otros leones y él apoyó la barbilla en la proa del barco fondeado mientras notaba la brisa vespertina que soplaba de tierra y esperó a ver si veía más leones y se sintió feliz.

La luna llevaba mucho tiempo en el cielo, pero él siguió durmiendo y el pez continuó tirando y el bote avanzó hacia el túnel de nubes.

Lo despertó el golpe que se dio con el puño en la cara y el sedal que le quemaba la mano derecha. No notaba la otra mano, pero frenó como pudo el sedal con aquella y dejó que corriera. Por fin, la mano izquierda encontró el sedal y se recostó contra él; ahora empezó a quemarle la espalda y también la mano izquierda, que estaba aguantando toda la tensión y se había cortado de muy mala manera. Miró los rollos de sedal y vio que se estaban desenrollando suavemente. Justo entonces, el pez saltó como si rasgara el océano y volvió a caer pesadamente. Luego saltó otra vez, y otra y el bote navegó a toda prisa pese a que el sedal seguía corriendo y el viejo cada vez tiraba más de él aun a riesgo de romperlo. El tirón lo había arrastrado hasta la proa, tenía la cara aplastada contra el filete de dorado y no podía moverse.

Esto es lo que esperábamos, pensó. Ahora hay que aguantar.

Haz que ese sedal le cueste caro, se dijo. Haz que le cueste caro.

No podía ver cómo saltaba el pez, pero lo oía rasgar el agua y el sordo chapoteo que hacía al caer. El sedal iba tan deprisa que le quemaba las manos, pero él ya había contado con que eso ocurriría y trató de que le rozara en las zonas encallecidas y no en la palma o los dedos.

Si el chico estuviera aquí remojaría los rollos de sedal, pensó. Sí. Si el chico estuviera aquí. Si el chico estuviera aquí.

El sedal siguió soltándose más y más, pero ahora de manera más lenta pues el viejo estaba haciendo que el pez tuviera que pelear por cada centímetro. Primero apartó la cabeza de la proa y del filete de pescado contra el que se había aplastado su mejilla. Luego se arrodilló y por fin se puso lentamente en pie. Seguía largando sedal, pero cada vez más despacio. Retrocedió hasta donde pudo tantear con el pie los rollos de sedal que no veía. Todavía quedaba mucho, y ahora el pez tendría que soportar el roce de todo aquel nuevo sedal con el agua.

Sí, pensó. Y además ha saltado más de una docena de veces y ha llenado de aire las vejigas del lomo y no podrá sumergirse para morir allí donde no pueda sacarlo a la superficie. Pronto empezará a dar vueltas y tendré que emplearme a fondo. ¿Qué le habrá sobresaltado así? ¿Habrá sido la desesperación del hambre, o le habrá asustado algo en la oscuridad? Tal vez haya sentido miedo de pronto. Pero ha sido un pez tan fuerte y tranquilo, y parecía tan valiente y seguro de sí mismo... Es raro.

—Más te vale ser tú también valiente y tener confianza en ti mismo, viejo —dijo—. Has vuelto a frenarlo, pero no puedes cobrar sedal. Aunque pronto empezará a dar vueltas.

El viejo lo sujetó con la mano izquierda y los hombros, se inclinó y cogió agua con la mano derecha para limpiarse la carne de dorado que tenía aplastada contra la cara. Temía que pudiera producirle náuseas y que vomitara y se quedara sin fuerzas. Después de limpiarse la cara, se lavó la mano en el agua y la dejó en el agua salada mientras observaba las primeras luces que aparecen antes de salir el sol. Se dirige casi hacia el este, pensó. Eso significa que se ha cansado de seguir la corriente. Pronto empezará a dar vueltas. Entonces habrá que emplearse a fondo.

Cuando juzgó que su mano derecha llevaba suficiente rato en el agua la sacó y la miró.

—No está mal —dijo—. Y un hombre sabe aguantar el dolor.

Cogió con cuidado el sedal para que no se le metiera en ninguno de los cortes y cambió el peso para poder adentrar la mano izquierda en el mar por el otro lado del esquife.

—Para ser tan inútil no lo has hecho tan mal —le dijo a la mano izquierda—. Aunque ha habido un momento en que no sabía dónde estabas.

¿Por qué no nacería yo con un par de buenas manos?, se preguntó. Tal vez sea culpa mía por no haberla ejercitado como es debido. Pero Dios sabe que ha tenido ocasiones de sobra para aprender. Sin embargo, anoche no lo hizo tan mal y solo le ha dado un calambre. Si le vuelve a dar, por mí se puede cortar con el sedal.

Entonces pensó que no tenía la cabeza despejada y se dijo que debía comer un poco más de dorado. Pero no puedo, se dijo. Es mejor no tener la cabeza muy clara que quedarme sin fuerzas por las náuseas. Y sé que lo vomitaría después de haberlo aplastado con la cara. Lo guardaré en caso de emergencia hasta que se estropee. Pero es demasiado tarde para tratar de cobrar fuerzas comiendo. Eres idiota, se dijo. Cómete el otro pez volador.

Estaba ahí, limpio y dispuesto, y lo cogió con la mano izquierda y se lo comió mascando cuidadosamente las espinas hasta la cola.

Tiene más alimento que ningún otro pez, pensó. Al menos me dará las fuerzas que necesito. Ya he hecho todo lo que estaba en mi mano, pensó. A ver cuándo se pone a dar vueltas y empieza la pelea.

El pez empezó a dar vueltas cuando el sol se alzó por tercera vez desde que el viejo se hizo a la mar.

No pudo apreciar por la inclinación del sedal que el pez estaba dando vueltas. Era demasiado pronto para eso. Solo notó una leve relajación de la tensión del sedal y empezó a tirar de él suavemente con la mano derecha. Se tensó, como siempre, pero justo cuando parecía a punto de romperse, empezó a ceder. Deslizó los hombros y la cabeza por debajo y fue cobrando sedal con mucha suavidad y firmeza. Empleó las dos manos con un movimiento de balanceo y trató de tirar tanto con el cuerpo como con las piernas. Sus viejas piernas y hombros giraban con el balanceo de los tirones.

—Es un círculo muy grande —dijo—. Pero está haciendo círculos.

De pronto ya no pudo cobrar más sedal y lo sostuvo hasta que vio las gotas saltando de él a la luz del sol. Acto seguido, el pez saltó fuera del agua y el viejo se arrodilló y lo vio hundirse de nuevo en las aguas oscuras.

—Ahora está en la parte más alejada del círculo —dijo.

Tengo que sujetarlo todo lo que pueda, pensó. La tensión acortará cada vez más el círculo. Tal vez dentro de una hora pueda verlo. Ahora tengo que convencerlo y luego tendré que matarlo.

Pero, dos horas más tarde, el pez seguía haciendo círculos lentamente y el viejo estaba cansado y empapado de sudor hasta la médula de los huesos. No obstante, los círculos eran ahora mucho más cortos y, por el modo en que se inclinaba el sedal, se notaba que el pez nadaba más cerca de la superficie.

Desde hacía una hora el viejo había estado viendo puntos negros y el sudor le salaba los ojos y la herida que tenía en la ceja y en la frente. No temía los puntos negros. Eran normales dada la fuerza con que tiraba del sedal. Sin embargo, dos veces se había sentido mareado y desfallecido y eso sí le había preocupado.

—No puedo fallarme a mí mismo y morir mientras pesco un pez como este —dijo—. Y menos ahora que lo he sacado a la superficie tan limpiamente, Dios me dé fuerzas. Rezaré cien padrenuestros y cien avemarías. Pero ahora no puedo.

Puedes darlos por rezados, se dijo. Los rezaré después.

Justo entonces sintió un brusco tirón en el sedal que estaba sujetando con ambas manos. Fue una sacudida seca, brusca y fuerte.

Está golpeando el alambre con la espada, pensó. Tenía que pasar. Era inevitable. Pero tal vez le haga saltar y preferiría que siguiera haciendo círculos. Necesita saltar para coger aire. Pero con cada salto puede abrirse el anzuelo y podría escupirlo.

—No saltes, pez —dijo—. No saltes.

El pez golpeó varias veces más el alambre y cada vez que movía la cabeza el viejo largaba un poco más de sedal.

Tengo que evitar que aumente su dolor, pensó. El mío no importa. Puedo controlarlo. Pero a él podría hacerle enloquecer.

Al cabo de un rato, el pez dejó de golpear el alambre y volvió a dibujar círculos muy lentamente. El viejo estaba cobrando sedal otra vez. Pero volvió a sentirse desfallecer. Cogió un poco de agua con la mano izquierda y se la echó en la cabeza. Luego se echó un poco más y se frotó la nuca.

—No tengo calambres —dijo—. Pronto saldrá a la superficie. Y puedo resistir. Tengo que resistir. No quiero ni hablar de ello.

Se arrodilló contra la proa y por un instante volvió a deslizarse el sedal por detrás de los hombros. Descansaré un poco mientras él hace círculos y ya me pondré en pie y me emplearé a fondo cuando salga, decidió.

Era una gran tentación apoyarse en la proa y dejar que el pez hiciera un círculo sin cobrar sedal. Pero, cuando la tensión le indicó que el pez había dado la vuelta en dirección al bote, el viejo se puso en pie y empezó a balancearse y a cobrar todo el sedal posible.

Estoy más cansado de lo que lo he estado en

toda mi vida, pensó, y ahora empieza a soplar el alisio. Pero eso me ayudará a sacarlo a tierra. Falta me hará.

—Descansaré cuando se aleje —dijo—. Me siento mucho mejor. Dos o tres vueltas más y será mío.

Tenía el sombrero de paja echado hacia la nuca y se cayó hacia la proa con el tirón que dio el sedal cuando el pez giró para alejarse.

Cánsate, pez. Ya te atraparé cuando llegue el momento, pensó.

El mar se había encrespado bastante. Pero era una brisa de buen tiempo y la necesitaba para volver a tierra.

—Pondré rumbo al sureste —dijo—. Ningún hombre se pierde en el mar y es una isla muy larga.

A la tercera vuelta lo vio por vez primera.

Al principio fue como una sombra oscura que tardó tanto en pasar por debajo del bote que no pudo creer que fuese tan largo.

—No —dijo—. No puede ser tan grande.

Pero lo era y, al final de aquel círculo, salió a la superficie a solo treinta metros de allí y el hombre vio la cola que asomaba del agua. Era más alta que la hoja de una guadaña y de color lavanda muy pálido por encima del agua azul oscura. Surcó el agua y mientras el pez nadaba justo por debajo de la superficie el viejo vio aquel enorme bulto surcado de franjas purpúreas. Su aleta dorsal estaba plegada y tenía las enormes aletas pectorales extendidas.

En ese círculo el viejo vio el ojo del pez y las dos grandes rémoras grises que nadaban en torno a él. Unas veces se unían a él y otras se alejaban a toda velocidad. En ocasiones, nadaban tranquilamente a su sombra. Cada una mediría casi un metro de largo, nadaban deprisa y sacudían el cuerpo como anguilas.

El viejo estaba sudando, pero no solo por el sol. Cada vez que el pez daba tranquilamente la vuelta, él cobraba sedal y estaba seguro de que, al cabo de dos vueltas más, tendría ocasión de clavarle el arpón.

Pero tengo que conseguir tenerlo cerca, cerca, cerca, pensó. No vale la pena apuntar a la cabeza, debo apuntar al corazón.

—Ten calma y sé fuerte, viejo —dijo.

Al hacer el siguiente círculo, el pez asomó el lomo, pero estaba demasiado lejos del bote. Al siguiente, seguía un poco lejos, pero asomaba más del agua y el viejo tuvo la seguridad de que si cobraba un poco de sedal podría abarloarse al pez.

Había aparejado el arpón mucho antes, el rollo de cabo fino estaba en una cesta redonda y había atado el chicote a la bita de proa.

El pez volvió a asomar bello y tranquilo moviendo solo la cola. El viejo tiró un poco para acercarlo un poco más. Por un instante, el pez viró un poco hacia el bote. Luego empezó a trazar otro círculo.

—Le he hecho desviarse —exclamó el viejo—. Le he obligado a desviarse.

Otra vez se sintió desfallecer, pero aun así sujetó al gran pez con todas sus fuerzas. Le he hecho desviarse, pensó. Puede que ahora consiga acercarlo. Tirad, manos, pensó. Resistid, piernas. Aguanta, cabeza. Aguanta por mí. Nunca me has fallado. Esta vez lo acercaré al bote.

Pero cuando empezó a tirar con todas sus fuerzas, mucho antes de que pasara junto al bote, el pez resistió el tirón, dio la vuelta y se alejó.

—Pez —dijo el viejo—. Pez, vas a tener que morir de todos modos. ¿Es que quieres matarme a mí también?

Así no se consigue nada, pensó. Tenía la boca demasiado seca para hablar, pero no llegaba al agua. Esta vez tengo que acercarlo, se dijo. No aguantaré muchos más círculos. Sí, aguantarás. Aguantarás lo que haga falta.

Al círculo siguiente, casi lo consiguió. Pero, una vez más, el pez se desvió y se alejó lentamente.

Me estás matando, pez, pensó el viejo. Aunque estás en tu derecho. No he visto un animal más noble, calmado y hermoso que tú, hermano. Sal y mátame. Me da igual quién mate a quién.

Se te está nublando la cabeza, pensó. Tienes que estar despejado. Mantén la cabeza despejada y sufre como un hombre. O un pez, pensó.

—Despéjate, cabeza —dijo con una voz apenas audible—. Despéjate.

Dos veces más volvió a ocurrir lo mismo.

No sé, pensó el viejo. En cada ocasión había estado a punto de desmayarse. No sé. Pero volveré a intentarlo.

Lo intentó una vez más y se sintió desfallecer cuando logró desviar al pez. Nuevamente el animal giró y se alejó con la gran cola ondeando al viento.

Probaré una vez más, se prometió el viejo, aunque sus manos estaban reducidas a pulpa y solo veía bien a ratos.

Lo intentó otra vez y ocurrió lo mismo. Bueno, pensó, y creyó desmayarse antes de empezar. Lo intentaré una vez más.

Cogió todo su dolor, las fuerzas que le quedaban y el orgullo que había perdido hacía tiempo y lo enfrentó a la agonía del pez, que se acercó al costado del bote y nadó tranquilamente a su lado, con el pico casi rozando las cuadernas del esquife y empezó a pasar junto al bote, largo, serio, ancho, plateado y listado de púrpura e interminable en el agua.

El viejo soltó el sedal, lo pisó con el pie, levantó el arpón tan alto como pudo y lo clavó con todas sus fuerzas, y con otras que acababa de reunir, en el costado del pez, justo detrás de la gran aleta pectoral que se alzaba en el aire hasta la altura del pecho del viejo. Notó cómo entraba el hierro y se apoyó en él para clavarlo más y luego empujó con todo su peso.

Entonces, herido de muerte, el pez cobró vida y saltó fuera del agua exhibiendo toda su enorme anchura y longitud, todo su poder y toda su belleza. Dio la impresión de quedar colgado en el aire por encima del viejo en el esquife. Luego cayó en el agua con estrépito y cubrió al viejo y al esquife de espuma.

El viejo se sentía mareado y débil y no podía ver bien. Pero soltó el cabo del arpón y dejó que corriera lentamente entre ambas manos y, cuando pudo ver, reparó en que el pez estaba de espaldas con el vientre plateado hacia arriba. El mango del arpón asomaba en ángulo del costado del pez y el mar estaba teñido con la sangre de su corazón. Al principio era oscura como un bajío en las aguas azules que tenían más de una milla de profundidad. Luego se extendió como una nube. El pez plateado flotaba inmóvil al compás de las olas.

El viejo contempló con cuidado aquella especie de visión. Luego dio dos vueltas con el cabo del arpón a la bita de proa y apoyó la cabeza entre las manos.

—Debo mantener la cabeza despejada —dijo recostado contra la proa—. Soy un viejo y estoy muy cansado. Pero he matado a este pez que es mi hermano y ahora tengo que terminar el trabajo.

He de preparar los lazos y el cabo para amarrarlo al costado del bote, pensó. Aunque fuésemos dos y anegásemos el bote para subirlo a bordo y luego achicáramos el agua, este esquife no resistiría el peso. Tengo que disponerlo todo, acercarlo, amarrarlo bien, meter el mástil en la carlinga y largar velas para volver a casa.

Empezó a tirar del pez para abarloarlo al bote, pasarle un cabo por las agallas y sacárselo por la boca y amarrarle la cabeza a la proa. Quiero verlo, pensó, y tocarlo y sentirlo. Para mí es una fortuna, pensó. Pero no quiero tocarlo por eso. Creo que sentí su corazón, pensó. Cuando empujé el arpón por segunda vez. Ahora tengo que acercarlo y echarle un lazo a la cola y otro por el centro para amarrarlo al esquife.

—Ponte a trabajar, viejo —dijo. Bebió un sorbito de agua—. Queda mucho trabajo por delante, ahora que la lucha ha concluido.

Elevó la vista al cielo y luego miró al pez. Contempló el sol con atención. Son poco más de las doce, pensó. Y empieza a levantarse el alisio. No debo preocuparme por los sedales. El chico y yo los empalmaremos cuando estemos en casa.

—Ven aquí, pez —dijo. Pero el pez no venía. En lugar de eso se quedó flotando en el mar y fue el viejo quien tuvo que acercar el esquife. Cuando estuvo a su altura y tuvo la cabeza del pez contra la proa, no pudo creer que fuese tan enorme. Pero soltó el cabo del arpón de la bita, lo pasó por las agallas del pez y lo sacó por la boca, le dio una vuelta en torno a la espada, luego pasó el cabo por la otra agalla, dio otra vuelta alrededor del pico, ató el lazo y afirmó el cabo a la bita de proa. Después cortó el cabo y fue a popa a atar la cola. El pez había pasado de ser purpúreo y plateado a ser solo plateado y las franjas eran ahora del mismo color violeta que la cola. Medían más de un palmo y sus ojos parecían tan indiferentes como los espejos de un periscopio o un santo en una procesión.

—Era el único modo de matarlo —dijo el viejo. Se sentía mejor después de haber bebido agua y supo que no se desmayaría y que tenía la cabeza despejada.

Debe de pesar más de seiscientos ochenta kilos, pensó. Tal vez muchos más. ¿Y si, una vez limpio, pesara dos tercios de eso y me lo pagaran a sesenta centavos el kilo?

—Para eso me haría falta un lápiz —dijo—. No tengo la cabeza tan despejada. Pero creo que el gran DiMaggio se sentiría orgulloso de mí. Yo no tengo ningún espolón. Pero me duelen mucho las manos y la espalda. Quisiera saber qué es un espolón, pensó. Tal vez tenga uno y no lo sepa.

Amarró el pez a proa y a popa y por el centro a la bancada. Era tan enorme que fue como amarrar otro esquife más grande abarloado al suyo. Cortó un trozo de cabo y ató la mandíbula inferior del pez al pico para que no se abriera y ofreciera la menor resistencia posible al agua. Luego encajó el mástil en la carlinga y, con el bichero y el botalón aparejados, la vela llena de remiendos cogió viento y el bote empezó a moverse; recostado en la popa, el viejo puso rumbo al suroeste.

No le hacía falta brújula para saber dónde estaba el suroeste. Solo necesitaba sentir el alisio y la fuerza de la vela. Será mejor que eche un sedal pequeño con una cuchara y trate de pescar algo de comer y humedecerme un poco la boca. Pero no encontró ninguna cuchara y las sardinas estaban podridas. Así que enganchó al pasar unas algas amarillas del golfo con el bichero y las sacudió para que los camarones que había en ellas cayeran sobre las cuadernas del esquife. Había más de una docena y saltaban y daban coletazos como pulgas de arena. El viejo les quitó la cabeza con el dedo pulgar y el índice y se los comió masticando las cáscaras y las colas. Eran muy pequeños, pero sabía que eran nutritivos y tenían buen sabor.

Al viejo le quedaban todavía dos tragos de agua en la botella y bebió un sorbo después de comerse los camarones. El esquife estaba navegando bien dadas las circunstancias y lo gobernaba con la caña del timón debajo del brazo. Veía al pez y le bastaba con mirarse las manos y sentir la espalda contra la proa para saber que aquello había ocurrido realmente y no era un sueño. Una vez, se había sentido tan mal hacia el final de la lucha, que había pensado que tal vez lo fuese.

Luego, cuando vio al pez salir del agua y quedarse suspendido en el aire antes de volver a zambullirse, estuvo seguro de que era muy extraño y apenas pudo creerlo. Además, en ese momento no veía bien, aunque ahora veía tan bien como siempre.

Ahora sabía que el pez estaba allí y que sus manos y su espalda no eran ningún sueño. Las manos se curan deprisa, pensó. Ahora están exangües, pero el agua marina las curará. Nada cura tan bien como las negras aguas del Golfo. Lo único que tengo que hacer es conservar la cabeza despejada. Las manos han hecho su labor y estamos navegando bien. Con la boca cerrada y la cola recta navegamos a la par. Luego se le nubló un poco la cabeza y pensó: ¿Estaré llevándolo yo, o me estará llevando él a mí? Si estuviera remolcándolo, no cabría ninguna duda. Y tampoco si lo llevara a bordo del esquife sin la menor dignidad. Pero estaban navegando juntos amarrados el uno al otro y el viejo pensó: Que me lleve él a mí si quiere. Solo le aventajo en astucia y él no pretendía hacerme daño.

Navegaron con buen viento y el viejo se mojó

las manos en el agua salada y trató de conservar la cabeza despejada. Había altos cúmulos y bastantes cirros en el cielo, por lo que el viejo supo que la brisa duraría toda la noche. El viejo miraba constantemente al pez para asegurarse de que era cierto. Pasó casi una hora antes de que le atacara el primer tiburón.

El tiburón no estaba allí por casualidad. Había surgido de las profundidades del agua en cuanto la negra nube de sangre empezó a extenderse por el mar de una milla de profundidad. Había surgido tan deprisa y con tan pocas precauciones que rasgó la superficie azul y salió a la luz del sol. Luego volvió a caer en el agua, encontró el rastro y empezó a seguir el rumbo que habían tomado el pez y el esquife.

A veces perdía el rastro. Pero volvía a encontrarlo, aunque fuese muy levemente, y nadaba muy deprisa siguiendo su rumbo. Era un marrajo muy grande capaz de nadar tan deprisa como cualquier otro pez y era muy bello excepto por sus mandíbulas. Tenía el lomo azul como un pez espada, su vientre era plateado y su piel suave y hermosa. Su forma también era la de un pez espada, salvo por las gigantescas mandíbulas que llevaba cerradas para nadar más deprisa, justo por debajo de la superficie con la gran aleta dorsal acuchillando el agua sin vacilar. Detrás del doble labio cerrado sobre las mandíbulas las ocho hileras de dientes estaban inclinadas hacia dentro. No eran los dientes de forma piramidal que tienen la mayoría de los tiburones. Parecían los dedos de un hombre cuando están crispados como garras. Eran casi tan largos como los dedos del viejo y ambos bordes estaban tan afilados como una cuchilla. Estaba hecho para alimentarse de cualquier pez que fuese rápido, fuerte y estuviese tan bien armado que no tuviese otro enemigo. Ahora nadó aún más deprisa al ver que el rastro era más fresco y su aleta dorsal azul cortaba el agua.

Cuando el viejo lo vio llegar supo que era un tiburón, que no temía a nada y que haría exactamente lo que le viniera en gana. Preparó el arpón y ató el cabo mientras lo veía aproximarse. El cabo era corto porque le faltaba lo que le había cortado para atar el pez.

El viejo tenía la cabeza despejada y estaba

muy decidido, aunque tenía pocas esperanzas. Era demasiado hermoso para durar, pensó. Echó un vistazo al enorme pez mientras veía acercarse al tiburón. A lo mejor sí había sido un sueño, se dijo. No puedo impedir que me ataque, pero tal vez pueda arponearle. *Dentuso*, pensó. ¡Maldita sea tu madre!

El tiburón se acercó por popa y cuando arremetió contra el pez el viejo le vio abrir la boca, contempló sus extraños ojos y oyó el chasquido de los dientes al clavarse en la carne justo por encima de la cola. La cabeza del tiburón asomó fuera del agua y luego apareció el lomo y el viejo oyó el ruido de la piel y la carne del gran pez al desgarrarse cuando le clavó el arpón en la cabeza, allí donde se cruzaban la línea de los ojos con la que iba desde el hocico hasta atrás. No había tales líneas. Solo la enorme cabeza apuntada, los grandes ojos y las mandíbulas que todo lo devoraban. Pero ahí era donde estaba el cerebro y donde clavó el arpón el viejo. Lo clavó con todas sus fuerzas con las manos exangües y reducidas a pulpa. Lo clavó sin esperanzas, pero con resolución y con la peor intención posible.

El tiburón dio una vuelta y el viejo vio que no había vida en sus ojos, luego dio otra vuelta enredándose en el cabo. El viejo supo que estaba muerto, pero el tiburón no lo aceptaba. Después, de espaldas, dando coletazos y mordiscos, el tiburón surcó el agua como una lancha a motor. El agua se puso de color blanco por los coletazos y tres cuartas partes de su cuerpo asomaron por encima del agua cuando el cabo se tensó, se estremeció y por fin se partió. El tiburón se quedó un rato flotando en la superficie y el viejo lo miró. Luego se hundió lentamente.

—Ha arrancado casi veinte kilos de carne —dijo en voz alta el viejo.

También se ha llevado el arpón y el cabo, pensó, y ahora mi pez está sangrando otra vez y vendrán más.

Ahora que estaba mutilado, ya no le gustaba tanto mirar al pez. Cuando el tiburón arremetió contra el pez había sido como si arremetiera contra él.

Pero he matado al tiburón que atacó a mi pez, pensó. Y era el *dentuso* más grande que he visto en mi vida. Y Dios sabe que los he visto muy grandes.

Era demasiado hermoso para durar. Ojalá fuese un sueño y nunca hubiera pescado al pez y estuviese en mi cama encima de los periódicos.

—Pero el hombre no está hecho para la derrota —dijo—. Al hombre se le puede destruir, pero no derrotar.

Aun así, siento haber matado al pez, pensó. Ahora se aproximan malos tiempos y ni siquiera tengo el arpón. El *dentuso* es cruel, hábil, fuerte e inteligente. Pero yo lo he sido más que él. O tal vez no. Puede que simplemente estuviese mejor armado.

—No pienses, viejo —dijo en voz alta—. Sigue navegando y acepta las cosas tal como vengan.

Pero tengo que pensar, se dijo. Es lo único que me queda. Eso y el béisbol. Quisiera saber qué habría dicho el gran DiMaggio del modo en que le clavé el arpón en el cerebro. No es para tanto, pensó. Cualquiera podría haberlo hecho. Pero ¿habrían sido mis manos una desventaja tan grande como los espolones? No hay modo de saberlo. Nunca me han dolido los talones, excepto aquella ocasión en que estaba nadando y me picó aquella raya que me produjo un dolor tan insoportable que me dejó la pierna paralizada.

—Piensa en algo alegre, viejo —dijo—. Cada minuto que pasa estás más cerca de casa. Con veinte kilos menos navegas más deprisa.

Sabía muy bien lo que ocurriría en cuanto llegase a la parte central de la corriente. Pero ya no había nada que hacer.

—Sí que lo hay —dijo en voz alta—. Puedo atar el cuchillo al extremo de uno de los remos.

Eso hizo con la caña del timón bajo el brazo y la escota de la vela bajo el pie.

—Bueno —dijo—. Sigo siendo un viejo. Pero no estoy desarmado.

Ahora soplaba viento fresco y navegaba deprisa. Observó solo la zona delantera del pez y recuperó en parte las esperanzas.

Es estúpido no tener esperanzas, se dijo. Además, tengo entendido que es pecado. Pero ahora no pienses en el pecado. Ya tienes bastantes problemas sin eso. Además, tú no entiendes de esas cosas.

No entiendo de esas cosas y no estoy seguro de creer en ellas. Es posible que fuese un pecado matar al pez. Supongo que lo ha sido aunque lo haya hecho para seguir yo mismo con vida y para alimentar a mucha gente. Pero todo es pecado. No pienses en el pecado. Es demasiado tarde para eso y hay gente a quien le pagan para hacerlo. Que piensen ellos. Tu naciste para ser pescador igual que los peces nacieron para ser peces. San Pedro era pescador y el padre del gran Di-Maggio también.

Pero le gustaba pensar en las cosas que le afectaban, y como no tenía radio ni nada que leer, pensaba mucho y siguió pensando en el pecado. No has matado al pez solo para seguir con vida y venderlo como alimento, pensó. Lo has matado por orgullo y porque eres pescador. Lo amabas cuando estaba con vida y lo amas ahora. Y, si lo amabas, ¿no es pecado haberlo matado? ¿O será algo peor?

—Piensas demasiado, viejo —dijo en voz alta.

En cambio disfrutaste matando al *dentuso*, pensó. Se alimenta de pescado como tú. No es un carroñero ni un simple estómago ambulante como otros tiburones. Es bello y noble y no le tiene miedo a nada.

—Lo maté en defensa propia —dijo el viejo en voz alta—. E hice bien.

Además, pensó, todo el mundo mata en cierto sentido. Pescar me mata tanto como me da vida. El chico me da vida, pensó. No debería hacerme muchas ilusiones.

Se asomó por la borda y arrancó un trozo de la carne del pez allí donde la había cortado el tiburón. La masticó y apreció su calidad y su sabor. Era firme y jugosa, como la carne, aunque sin ser roja. No era nada fibrosa y supuso que se pagaría muy bien en el mercado. Pero no había forma de impedir que su aroma se extendiera por el agua y el viejo sabía que se avecinaban momentos muy difíciles.

La brisa era constante. Había rolado un poco hacia el nordeste y el viejo supo que eso significaba que no amainaría. Miró hacia proa pero no divisó ninguna vela, ni el casco ni el humo de ningún barco. Solo estaban los peces voladores que saltaban a ambos lados del bote y las manchas amarillas de las algas del golfo. Ni siquiera se veían pájaros.

Llevaba dos horas navegando, descansando

en la popa y masticando de vez en cuando un trozo de carne del marlín, tratando de recuperarse y hacer acopio de fuerzas, cuando vio al primero de los dos tiburones.

—¡Ay! —dijo en voz alta.

Esa exclamación no tiene equivalente y tal vez sea solo una interjección como la que soltaría involuntariamente un hombre al notar cómo el clavo atraviesa sus manos para clavarse en la madera.

—¡*Galanos!* —dijo en voz alta.

Había visto la segunda aleta acercándose detrás de la primera y los había identificado como peces guitarra por la aleta parda y triangular y por los movimientos de barrido de la cola. Habían encontrado el rastro, estaban excitados y la estupidez de su voracidad les hacía perderlo y volverlo a encontrar. Pero cada vez estaban más cerca.

El viejo aseguró la vela y amarró la caña del timón. A continuación cogió el remo que llevaba el cuchillo atado en la punta. Lo alzó tan despacio como pudo, pues las manos se rebelaron contra el dolor. Después las abrió y cerró con cuidado para ejercitarlas y las cerró con fuerza para que aguantasen ahora el dolor y no desfallecieran y observó llegar a los tiburones. Ahora distinguió sus cabezas anchas y planas en forma de pala y sus grandes aletas pectorales con la punta blanca. Eran unos tiburones odiosos: malolientes, carroñeros y asesinos y capaces, cuando estaban hambrientos, de morder un remo o el timón de un bote. Eran esos tiburones los que les cortaban las patas y las aletas a las tortugas cuando se quedaban adormiladas en la superficie, y si tenían hambre, podían atacar a un hombre en el agua aunque el hombre no oliera a pescado, ni estuviera sangrando.

—¡Ay! —dijo el hombre—. *Galanos*. Venid, *Galanos*.

Vinieron. Pero no como había hecho el marrajo. Uno se desvió y desapareció de la vista por debajo del esquife y el viejo notó cómo se estremecía el bote mientras daba tirones en la carne del pez. El otro observó al viejo con sus ojos hendidos y amarillentos y arremetió velozmente con las mandíbulas abiertas contra el lugar donde el pez tenía la otra mordedura. En lo alto de su cabeza parda se distinguió la línea donde el cerebro se unía a la médula espinal y el viejo clavó el cuchillo del remo en ese lugar, lo apartó y volvió a clavarlo en los ojos felinos y amarillentos del tiburón. El tiburón soltó el pez y se fue al fondo tragándose mientras moría el trozo que había arrancado.

El esquife seguía estremeciéndose con los destrozos que estaba haciendo el otro tiburón en el pez y el viejo soltó la vela para que el esquife virase y obligase a salir al tiburón. Cuando vio al tiburón se inclinó por encima de la borda y le pinchó. Acertó en la carne, la piel estaba dura y apenas pudo clavar el cuchillo. El golpe le dolió no solo en las manos sino también en el hombro. Pero el tiburón sacó la cabeza del agua y el viejo le clavó el cuchillo justo en el centro de la cabeza plana en el momento en que asomó el hocico para arremeter contra el pez. El viejo sacó la hoja y volvió a pinchar al tiburón exactamente en el mismo sitio, pero este continuó mordiendo al pez con las mandíbulas cerradas y el viejo le apuñaló en el ojo izquierdo. El tiburón siguió insistiendo.

—¿No? —dijo el viejo y clavó la hoja entre las vértebras y el cerebro. Era un golpe fácil y notó cómo se cortaban los cartílagos. El viejo le dio la vuelta al remo y metió la pala entre las mandíbulas del tiburón para abrírselas. Hizo palanca con la pala y, cuando el tiburón aflojó el mordisco, dijo—: Vete, *Galano*. Húndete a una milla de profundidad. Ve a ver a tu amigo, o tal vez fuese tu madre.

El viejo limpió la hoja del cuchillo y dejó el remo en el bote. Luego cogió la escota, la vela se hinchó y el bote volvió a seguir su rumbo.

—Deben de haber arrancado un cuarto de la mejor carne —dijo en voz alta—. Ojalá todo fuese un sueño y no lo hubiera pescado. Lo siento, pez. Todo se ha ido al traste.

Se puso en pie y no quiso mirar al pez. Desangrado y lavado por el agua, tenía el color del azogue de los espejos, aunque todavía se distinguían sus franjas.

—No debería haber ido tan mar adentro, pez —dijo—. Ni por ti, ni por mí. Lo siento, pez.

Ahora, se dijo, mira las ligaduras del cuchillo y comprueba si se han cortado. Luego cúrate las manos, porque esto no ha hecho más que empezar.

—Ojalá tuviera una piedra de afilar —dijo el viejo después de comprobar las ligaduras en la punta del remo—. Debería haber traído una.

Tendrías que haber traído muchas cosas, pensó. Pero no las has traído, viejo. Ahora no es el momento de pensar en lo que no tienes. Piensa lo que puedes hacer con lo que hay.

—Me das muy buenos consejos —dijo en voz alta—. Ya empiezo a estar harto.

Sujetó la caña del timón bajo el brazo y se mojó las manos en el agua mientras el esquife seguía navegando.

—Dios sabe cuánto se habrá llevado ese último —dijo—. Pero el esquife parece mucho más ligero.

No quería pensar en el vientre mutilado del pez. Sabía que el tiburón había arrancado carne con cada embestida y que ahora el pez dejaba en el mar un rastro para los tiburones tan ancho como una carretera.

Con ese pez se podría mantener un hombre todo el invierno, se dijo. No pienses en eso. Descansa y trata de curarte las manos para defender lo que queda de él. El olor a sangre de mis manos no es nada comparado con cómo huele el agua. Además tampoco sangran tanto. No hay ningún corte que sea verdaderamente grave. Y, si sangra, la izquierda tal vez no tenga calambres.

¿En qué puedo pensar ahora?, se preguntó. En nada. No debo pensar en nada y esperar a los siguientes. Ojalá hubiese sido un sueño, pensó. Pero ¿quién sabe? Podría haber salido bien.

El siguiente tiburón en llegar fue un pez guitarra solitario. Llegó como un cerdo al comedero, si hubiese cerdos con la boca tan grande que uno pudiese meter dentro la cabeza. El viejo esperó a que arremetiera contra el pez y luego le clavó el cuchillo en el cerebro. Pero el tiburón saltó hacia atrás mientras daba la vuelta y la hoja se partió.

El viejo se sentó al timón. Ni siquiera se detuvo a ver cómo el enorme tiburón se hundía en el agua, al principio a tamaño natural, luego más pequeño y por fin minúsculo. Eso siempre había fascinado al viejo. Pero ahora ni siquiera lo miró.

—Todavía me queda el bichero —dijo—. Pero no servirá de nada. Tengo los dos remos, la caña del timón y el palo.

Ahora sí que me han vencido, pensó. Soy demasiado viejo para matar tiburones a garrotazos. Pero seguiré intentándolo mientras tenga los remos, el palo y la caña del timón.

Volvió a meter las manos en el agua para lavárselas. Estaba atardeciendo y no se veía más que el mar y el cielo. Soplaba más viento que antes y tenía la esperanza de divisar tierra pronto.

—Estás cansado, viejo —dijo—. Estás cansado por dentro.

Los tiburones no volvieron a atacarle hasta poco antes de ponerse el sol.

El viejo vio las aletas marrones acercándose por la estela que el pez dejaba en el agua. Ni siquiera se molestaban en seguir el rastro. Iban directos al esquife nadando uno al lado del otro.

Amarró el timón y la vela y buscó el palo debajo de popa. Era el mango de un remo aserrado con una longitud de unos sesenta centímetros. Solo podría utilizarlo con eficacia con una mano debido a la forma de la empuñadura y lo cogió con la mano derecha flexionándola mientras los observaba acercarse. Eran dos *Galanos*.

Tengo que dejar que el primero dé un buen mordisco y golpearle en la punta del hocico o justo en lo alto de la cabeza, pensó.

Los dos tiburones se acercaron y cuando vio que el que estaba más próximo abría las mandíbulas y las clavaba en el costado plateado del pez, alzó el palo y golpeó al tiburón en lo alto de la cabeza con todas sus fuerzas. Notó su elástica solidez al dar el golpe. Pero también notó la rigidez del hueso y volvió a golpearle con fuerza en la punta del hocico cuando soltó el pez.

El otro tiburón había estado acercándose y alejándose y ahora se aproximó con las mandíbulas abiertas de par en par. El viejo vio trozos de la blanca carne del pez en la comisura de la boca cuando arremetió y cerró las mandíbulas. Le golpeó pero solo acertó en la cabeza y el tiburón lo miró y arrancó la carne. El viejo volvió a golpearle cuando se alejaba para tragar y acertó solo en la carne dura y elástica.

—Ven, *Galano* —dijo el viejo—. Ven otra vez.

El tiburón volvió a acometer al pez y el viejo

le golpeó cuando cerraba las mandíbulas. Le atizó con fuerza, alzando el palo tanto como pudo. En esta ocasión sintió el hueso en la base del cerebro y le golpeó en el mismo sitio mientras el tiburón arrancaba la carne cómodamente y se sumergía por debajo del pez.

El viejo lo observó para ver si salía, pero no apareció ningún tiburón. Luego vio uno en la superficie nadando en círculos. No vio la aleta del otro.

No esperaba matarlos, pensó. En otra época lo habría hecho. Pero les he herido y ninguno de los dos debe sentirse muy bien. Si hubiese podido utilizar un bate con las dos manos. Seguro que habría matado al primero. Incluso ahora, pensó.

No quería mirar al pez. Sabía que la mitad estaba destrozada. El sol se había puesto, mientras luchaba con los tiburones.

—Pronto será de noche —dijo—. Entonces veré el resplandor de La Habana. Si me he desviado muy al este, se verán las luces de alguna de las playas.

No puedo estar muy lejos, pensó. Espero que nadie se haya preocupado por mí. Aunque el único que me importa es el chico, claro. Pero estoy seguro de que tendrá confianza. Muchos de los pescadores de más edad se preocuparán. Y otros muchos también, pensó. Vivo en un buen pueblo.

Ya no podía hablarle al pez porque estaba demasiado destrozado. Luego se le ocurrió una cosa.

—Medio pez —dijo—. Que eras un pez. Siento haber ido tan mar adentro. He sido la ruina de ambos. Pero hemos matado muchos tiburones, tú y yo, y machacado a otros. ¿Cuántos mataste tú, viejo pez? No en vano tienes esa espada en la cabeza.

Le gustaba pensar en el pez y en lo que podría hacerle a un tiburón si estuviese nadando libre. Habría podido cortar la espada para pelear con ellos, pensó. Pero no tenía hacha, ni tampoco un cuchillo.

Pero si los hubiese tenido y hubiera podido atarla a la punta de un remo, ¡eso sí que habría sido un arma! Así habríamos peleado juntos. ¿Qué harás ahora si vienen de noche? ¿Qué puedes hacer?

—Pelear con ellos —dijo—. Pelearé con ellos hasta morir.

Sin embargo, cuando se hizo de noche y no vio ningún resplandor y solo notó el viento y el empuje constante de la vela, pensó que tal vez estuviera ya muerto. Juntó las manos y sintió las palmas. No estaban muertas y le bastaba con abrirlas y cerrarlas para notar el dolor de la vida. Apoyó la espalda contra la popa y supo que no estaba muerto. Sus hombros se lo dijeron.

Tengo que rezar todas esas oraciones que prometí rezar si capturaba al pez, pensó. Pero ahora estoy demasiado cansado. Mejor que coja el saco y me lo eche sobre los hombros.

Siguió tumbado a popa gobernando el bote y observando el cielo en busca del resplandor. Me queda la mitad, pensó. Tal vez tenga suerte y pueda salvar la parte delantera. Aún debe de quedarme un poco de suerte. No, se dijo. Abusaste de tu suerte al navegar tan mar adentro.

—No seas idiota —dijo en voz alta—. Ten los ojos bien abiertos y gobierna el bote. Todavía es posible que tengas suerte.

»Compraría un poco, si hubiera algún sitio donde la vendiesen —añadió.

¿Con qué iba a comprarla?, se preguntó.

¿Con un arpón perdido, un cuchillo roto y dos manos malheridas?

—Podrías —dijo—. Trataste de comprarla con ochenta y cuatro días en el mar. Y casi te la venden.

Tengo que dejar de pensar en tonterías, se dijo. La suerte se presenta de maneras muy distintas, así que ¿cómo reconocerla? Aceptaría un poco de cualquier modo y pagaría lo que me pidieran. Ojalá se divisara el resplandor de las luces, pensó. Estoy pidiendo demasiado. Trató de ponerse más cómodo para gobernar y el dolor le indicó que no estaba muerto.

Vio el reflejo de las luces de la ciudad a eso de las diez de la noche. Al principio solo fueron perceptibles como la luz en el cielo antes de que se alce la luna. Luego las distinguió claramente al otro lado del océano que estaba bastante encrespado ahora que había aumentado la fuerza del viento. Puso rumbo al resplandor y pensó que pronto llegaría al borde de la corriente.

Ahora sí que se acabó, pensó. Lo más probable es que vuelvan a atacarme. Pero ¿qué puede hacer contra ellos un hombre solo en la oscuridad y sin un arma?

Estaba anquilosado y dolorido y todas las heridas y golpes de su cuerpo le dolían con el frío de la noche. Espero no tener que volver a luchar, pensó. Espero con todas mis fuerzas no tener que volver a luchar.

Pero a medianoche luchó y esta vez supo que la lucha era en vano. Llegaron en grupo y solo pudo ver las líneas que hacían sus aletas en el agua y su fosforescencia cada vez que arremetían contra el pez. Les golpeó la cabeza y oyó el ruido de las mandíbulas al cortar la carne y sintió las sacudidas que daba el esquife cuando mordían por debajo. Golpeó a la desesperada contra lo que únicamente podía oír y sentir, hasta que algo le arrebató el palo y desapareció.

Desenganchó la caña del timón y golpeó y cortó con ella, sujetándola con ambas manos, clavándola una y otra vez. Pero ahora fueron a proa y cargaron uno tras otro y todos a la vez arrancando los trozos de carne que resplandecían bajo el mar cuando se daban la vuelta para volver a acometerla.

Por fin uno arremetió contra la propia cabeza y el viejo supo que todo había acabado. Golpeó la cabeza del tiburón con la caña del timón allí donde las mandíbulas estaban enganchadas, en la parte más dura de la cabeza del pez, que no era fácil de desgarrar. Le golpeó una y otra vez. Oyó romperse la caña y le clavó al tiburón el extremo astillado. Notó cómo lo atravesaba y, sabiendo que estaba afilado, volvió a clavarlo. El tiburón se soltó y se alejó dando una vuelta. Fue el último tiburón del grupo que le atacó. No quedaba nada que comer.

El viejo apenas podía respirar y notó un extraño sabor en la boca. Era dulzón y sabía a cobre, por un momento se asustó. Pero no fue nada.

Escupió al océano y dijo:

—Comeos eso, *Galanos*. Y soñad con que habéis matado a un hombre.

Sabía que era una derrota definitiva y sin paliativos, volvió a popa, comprobó que la caña encajaba en el timón lo bastante bien como para seguir gobernando el bote. Se echó el saco sobre los hombros y puso el bote en rumbo. Ahora navegaba más deprisa y no pensaba ni sentía nada. Ya todo le daba igual y gobernaba el esquife para llegar a puerto del modo más rápido e inteligente posible. Por la noche, los tiburones arremetieron contra los restos del pez como quien quita las migajas de una mesa. El viejo no les hizo el menor caso y solo se ocupó de gobernar el bote. Tan solo reparó en lo ligero y lo bien que navegaba el esquife ahora que no lo lastraba ningún peso.

Es un buen bote, pensó. Es seguro y solo ha sufrido daños la caña del timón. Eso es fácil de reemplazar.

Notó que navegaba en plena corriente y distinguió las luces de los pueblos de la playa a lo largo de la orilla. Supo dónde se hallaba y que estaba a punto de llegar a casa.

El viento es nuestro amigo, en todo caso, pensó. Luego añadió: A veces. Y el vasto mar con nuestros amigos y nuestros enemigos. Y la cama, pensó. La cama es mi amiga. Solo la cama, pensó. La cama será una gran cosa. No es tan mala la derrota, pensó. Nunca pensé que fuese tan fácil. ¿Y qué es lo que te ha vencido, viejo?

—Nada —dijo en voz alta—. Fui demasiado mar adentro.

Cuando entró en el puertecito las luces de la

Terraza estaban apagadas y supo que todo el mundo dormía. El viento había seguido aumentando y soplaba ahora con más fuerza. No obstante en el puerto reinaba la calma y navegó hacia la pequeña franja de guijarros debajo de las rocas. No había nadie que pudiera ayudarle así que arrastró el bote cuanto pudo. Después desembarcó y lo ató a una roca.

Quitó el mástil de la carlinga, recogió y ató la vela. Luego se echó el mástil al hombro y empezó a subir. Entonces comprendió que estaba exhausto. Se detuvo un momento, volvió la vista atrás y vio a la luz de la farola la gran cola del pez que asomaba por encima de la popa del esquife. Vio la línea blanca y desnuda de su espina y la masa oscura de la cabeza con la espada y la desnudez que había entre los dos extremos.

Empezó a subir otra vez y al llegar arriba se cayó al suelo y se quedó allí un rato con el mástil sobre el hombro. Trató de incorporarse. Pero era demasiado difícil y se sentó con el mástil al hombro y contempló el camino. Un gato cruzó indiferente a lo lejos y el viejo lo vio pasar. Luego continuó mirando el camino.

Por fin, dejó el mástil en el suelo y se puso en pie. Recogió el mástil, se lo echó al hombro y echó a andar por el camino. Tuvo que sentarse cinco veces antes de llegar a su cabaña.

Dentro de la cabaña, apoyó el mástil contra la pared. En la oscuridad encontró una botella de agua y echó un trago. Luego se tumbó en la cama. Se echó la manta sobre los hombros y después sobre la espalda y las piernas y se durmió boca abajo sobre los periódicos con los brazos extendidos y las palmas de las manos vueltas hacia arriba.

Estaba dormido cuando el chico se asomó a la puerta por la mañana. Soplaba tanto viento que los botes no podían salir a pescar y el chico había dormido hasta tarde y luego había ido a la cabaña del viejo igual que había hecho cada mañana. El muchacho comprobó que el viejo respiraba, luego vio sus manos y se echó a llorar. Salió muy despacio para ir a buscarle algo de café y no dejó de llorar en todo el camino.

Había muchos pescadores alrededor del esquife mirando lo que había atado a su costado y uno estaba en el agua, con los pantalones arremangados, midiendo el esqueleto con un sedal.

El chico no bajó a verlo. Había estado allí antes y había encargado a uno de los pescadores que cuidara del esquife.

—¿Cómo está? —preguntó uno de los pescadores.

—Durmiendo —respondió el chico. No le importó que le vieran llorar—. Que nadie le moleste.

—¡Medía cinco metros y medio de la espada a la cola! —gritó el pescador que lo estaba midiendo.

—Lo creo —dijo el chico. Entró en la Terraza y pidió una lata de café—. Caliente y con mucha leche y azúcar.

—¿Algo más?

—No. Después ya veré qué puede comer.

—Menudo pez —dijo el dueño—. Nunca se ha visto nada igual. Tú también sacaste dos buenos peces ayer.

—¡Al demonio con mis peces! —exclamó el muchacho y rompió a llorar otra vez.

—¿Quieres algún trago de algo? —preguntó el dueño.

—No —respondió el chico—. Dígales que no molesten a Santiago. Volveré.

—Dile lo mucho que lo lamento.

—Gracias —dijo el chico.

El muchacho llevó la lata de café caliente hasta la cabaña del viejo y se sentó a su lado hasta que se despertó. Una vez pareció que iba a despertarse. Pero volvió a sumirse en un profundo sueño y el chico fue al otro lado del camino a pedir un poco de leña para calentarle el café.

Por fin el viejo se despertó.

—No se siente —dijo el chico—. Bébase esto. —Le sirvió un poco en un vaso.

El viejo lo cogió y se lo bebió.

—Me vencieron, Manolín —dijo—. Vaya si me vencieron.

—Él no le venció. El pez no.

—No. Eso es verdad. Fue después.

—Pedrito está cuidando del esquife y del aparejo. ¿Qué quiere que hagamos con la cabeza?

—Que Pedrito la corte en trozos y la emplee como cebo para las nasas.

—¿Y con la espada?

—Quédatela si la quieres.

—Claro que la quiero —respondió el muchacho—. Ahora tenemos que hacer otros planes.

—¿Han estado buscándome?

—Pues claro. Con los guardacostas y aeroplanos.

—El océano es muy grande y un esquife es muy pequeño y difícil de ver —respondió el viejo. Reparó en lo agradable que era tener alguien con quien conversar en lugar de hablar solo y con el mar.

»Te he echado de menos —dijo—. ¿Qué pescaste?

—Uno el primer día. Uno el segundo y dos el tercero.

—Muy bien.

—A partir de ahora volveremos a pescar juntos.

—No. No tengo suerte. Ya no tengo suerte.

—¡Al demonio con la suerte! —respondió el chico—. Yo le traeré suerte.

—¿Qué dirá tu familia?

—Me trae sin cuidado. Ayer pesqué dos. Pero ahora pescaremos juntos, todavía tengo mucho que aprender.

—Tenemos que conseguir una buena lanza y llevarla siempre a bordo. Puedes hacer la hoja con la ballesta de un Ford viejo. Podemos afilarla en Guanabacoa. Tiene que estar bien afilada y sin temple para que no se parta. El cuchillo se me partió.

—Le conseguiré otro cuchillo y afilaré la ballesta. ¿Cuántos días de viento nos quedan?

—Puede que tres. Tal vez más.

—Lo prepararé todo —dijo el chico—. Usted cúrese las manos.

—Sé cómo curarlas. Anoche escupí algo extraño y pensé que se me había roto algo en el pecho.

—Cúrese eso también —dijo el chico—. Túmbese un rato y le traeré una camisa limpia. Y algo de comer.

—Trae algún periódico de los días que estuve fuera —le pidió el viejo.

—Tiene que recuperarse cuanto antes, porque me queda mucho por aprender y usted puede enseñármelo. ¿Ha sufrido mucho?

—Mucho —respondió el viejo.

—Le traeré la comida y los periódicos —dijo el chico—. Descanse, traeré algo de la botica para sus manos.

—No olvides decirle a Pedrito que la cabeza es suya.

—No. Lo recordaré.

Cuando el chico salió por la puerta y echó a andar sobre las erosionadas rocas de coral volvió a echarse a llorar.

Esa tarde se presentó un grupo de turistas en la Terraza y, al mirar hacia la playa entre las latas vacías de cerveza y las barracudas muertas, una mujer vio una enorme espina blanca con una gigantesca cola que iba y venía con las olas que levantaba el viento de poniente fuera de la bocana del puerto.

—¿Qué es eso? —le preguntó a un camarero mientras señalaba la larga espina del pez, que era ya un simple desecho que esperaba a que lo arrastrase la marea.

—Tiburón —dijo en español el camarero tratando de explicarle lo ocurrido.

—No sabía que los tiburones tuviesen colas tan bellas y bien formadas.

—Yo tampoco —respondió su acompañante.

Camino arriba, en su cabaña, el viejo había vuelto a quedarse dormido. Seguía boca abajo y el chico estaba a su lado cuidándole. El viejo soñaba con los leones.